所有的时光一直都很美

韩青◎著

時代文藝出版社

图书在版编目（CIP）数据

所有的时光一直都很美 / 韩青著. —长春：时代文艺出版社，2019.8

ISBN 978-7-5387-6123-8

Ⅰ. ①所… Ⅱ. ①韩… Ⅲ. ①散文集－中国－当代 Ⅳ. ①I267

中国版本图书馆CIP数据核字（2019）第106790号

出 品 人　陈　琛
产品总监　郭力家
选题策划　凌　翔
责任编辑　刘越新
助理编辑　刘　力
装帧设计　孙　利
排版制作　隋淑凤

所有的时光一直都很美

韩青　著

出版发行 / 时代文艺出版社
地址 / 长春市福祉大路5788号　龙腾国际大厦A座15层　邮编 / 130118
总编办 / 0431-81629751　发行部 / 0431-81629755　北京开发部 / 010-63108163
官方微博 / weibo.com / tlapress　天猫旗舰店 / sdwycbsgf.tmall.com
印刷 / 三河市万龙印装有限公司
开本 / 640mm × 910mm　1 / 16　字数 / 198千字　印张 / 16
版次 / 2019年8月第1版　印次 / 2019年8月第1次印刷　定价 / 32.00元

目　　录

辑一　用美好交换美好

辑二　常给心灵排排毒

辑三　跟自己比

辑四　美好和美好相遇

辑五　开好自己这朵花

辑六　本色是最好的景色

辑七　很多事情的保质期就是此时此刻

辑八　无我之境

辑一／用美好交换美好

正好，才是最好

现在的人们都追求幸福，这无可厚非。可是，人们用来衡量幸福的标准却参差不齐，有的人认为自己拥有的越多幸福指数就越高，这一点，我不敢苟同。我喜欢的台湾作家张曼娟在她的《幸福的秘诀》中讲过这样一个故事。一个亿万富翁，什么都不缺乏，只缺乏快乐。一天，富翁路过城外，看见一个住在破屋子里的老鞋匠，衣衫褴褛，每天就靠补鞋勉强糊口维持生活，却日日哼唱着欢乐的歌，于是，他向老鞋匠付了一大笔钱购买快乐的秘诀。可是，从此以后，再也听不到老鞋匠的歌声了。相反，老鞋匠整日地食不安寝不眠，随时担心有人偷窃或抢劫，又烦恼着如何用这笔钱。最后，老鞋匠将钱全数退还给富翁，并且将自己发现的快乐的秘诀告诉了富翁："日出而作，日入而息，什么也不必担心，就会很快乐。"其实，说白了，快乐、幸福就是一种正好的心境。

米兰·昆德拉说："生活是一棵结满可能的树。"生活中，什么事都会发生，当然也包括那些意外的惊喜。《贤弈编》中就记载了这样的一件事。有个牧童，曾经穿着破衣烂衫，蓬头赤足，每天赶着牛羊群到山冈郊野中去放牧，常常放开喉咙唱着歌，自由自在地生活着，放牧的任务也完成得不错。可是有一天，他捡到了一铢钱，从此以后，他的歌声逐渐消失了，牛羊也时常四面逃散不顺从他的驯养了。这个意外的惊喜，一下子打乱了他的生活，就像一块石头投掷在水中，整个水面都变得动荡不安。就是说，之前的生活，是正好的，也是最好的。可是，这个意外，让他变得无所适从，同时也唤醒了他心底的私欲，要知道，私欲的闸门一旦打开，往往会冲走你的所有。其实，在这样的意外出现之后，我们完全可以以平常心待之，这样就不会出现内心混乱的情形，原来该怎么生活的，就怎么生活。当然，还可以这样安慰自己：即使这块金子能为你换来更多的美味佳肴，你也消化不了多少，因为，你只有一个胃嘛。这样想想，就没有化解不了的心结。

很喜欢这则笑话：一个人被老虎叼走，他的儿子要去救他，就拿起刀赶去杀虎，而他的父亲却在老虎的嘴里大声喊道："我的孩子，你要砍，千万只能砍脚，不要破坏了虎皮，那可以卖很多银子呢。"这个笑话说明：私欲扭曲了人格、人性。因此，我们要想过正好的生活，就必须控制好自己的私欲。

而要做到这一点，就必须保持一定的操守。《三国志》中记载：姜维的大军进至狄道，大败魏雍州刺史王经的军队。王经的部下死在水中的数以万计，张翼于是说："可以停止了，不适合继续前进，前进可能前功尽弃。"姜维很生气，张翼却说："如果坚持前进，那就无异于画蛇添足啊！"很多人往往在成功和利益面前忘乎所以、失去理智，在这种情形下，就容易把事做过了，而"过犹不及"。而要想把握好这个度，就离不开我们过硬的操守。

我们常说见好就收，那好就是正好，它就像山顶一样，如果你再往前走，就有坠崖的危险了。所以，正好停下的时候，才是最好的时候。

选择80分的人生

香港演员张卫健在一档电视节目中说，把人生目标定为80分就可以了，定得太高，往往压力过大，因为人生本就没有什么完满，如果你又多得了20分，那么这20分就算是对你的奖赏。

这是一个不错的活法。如果给自己的人生定为满分，那么一旦没有达到这个目标，你就会伤心、绝望甚至从此自暴自弃。再说，金无足赤，人无完人。人随时随地都会犯这样或那样的错误，因而，失分的情况时有发生，这样一来，你就难得满分了。而把自己的人生目标定为80分，好就好在：目标稍微近一点儿，这样压力就会小一点儿，因而能轻装上阵，走得轻松自在，目标也容易实现，如果在这一过程里，你超水平发挥，表现出色，超越了原来既定的目标，因而又多得了20分，那么你就得到了一个满分。

古人说得好："无欲之谓圣，寡欲之谓贤，多欲之谓凡，徇欲之谓狂。”圣人之所以为圣人，是因为他们的心里极其纯净、一尘不染，而凡人之所以为凡人，是因为他们心里充满太多的杂念。而把人生目标定为80分的人，心里不是没有欲望，他们也有，只是欲望不是太强烈。就是说，他们比那些追求满分人生的人，心里的杂质要少一些，或者说，他们身上背负的包袱要轻得多。同时这也告诉我们：那些追求满分人生的人们背负的包袱自然要重得多，所以，一旦其人生没有得到想要的分数，这包袱就会压得他们喘不过气来。

我的一个朋友，他有一个观点：要是没有发表一部大部头的作品，就枉为一个作家。就是说，他满分人生的标志就是发表一部长篇小说。对他来说，大部头倒是写出来了，可是，没有出版社愿意出版他的小说。在被一家家出版社冷落的日子里，他心灰意冷，连平时最爱写的随笔也不写了。因为一部大部头没有被出版，一年多以来，他几乎没有写过什么。我们劝他，先写着小东西，时间久了，就怕想写了，手却生了。事实果然如我们所料的那样，后来，他再想写，其文字已不如从前那样流畅、鲜活了。而他的这种状况，就源于他的目标太高，如果他把目标改为：能发表大部头更好，不能发表就当作练笔了，那么他也许还能“无心插柳柳成荫”呢。可惜，他没有这么想，也没有这么做。

再说，追求满分人生，肯定会空前地忙碌，甚至会忙得不分昼夜、丢三落四。西方有个寓言：一个人忙着赶路，结果却把灵魂丢在了后面。这也是他们迟早会遇到的情况。要知道，丢失了灵魂，就等于丢失了自我，这样的人，即使得到了全世界，又有何益?

美国女作家艾美·史宾瑟最近写了一本书，叫《用来虚度的才是好时光》，她在书中告诉我们：人就得给心灵留有一定的空间。在世人看来，把时间用在这上面，好像是在虚度时光。实则不然。因为，心灵的丰富和饱满才是人间最美的丰收。所以说，这样的时光，才是名副其实的好时光。

而那些忙着追求满分人生的人们，是不会遇到这样的好时光的。在他们看来，攫取更多的物质才是他们的全部，这样一来，他们的贪婪之心会永不停歇，最终沦为物质的奴隶。一个人的心上全是满，不就成了一个“懑”字了吗？它可是烦闷、生气的意思啊。

所以，还是选择80分的人生吧，这样走一路，可以观一路风景，而风景是治心的良药。即使雨，也像德富芦花说的那样“能慰藉人心，治人心疾，让人心平气和”。带着这样的心态前行，你终会发现，你的人生竟不知不觉多得了几分乃至20分。

等待是一种成全

自从我们来到这个世界上，就开始了等待。等待妈妈的怀抱，等待爸爸的笑脸，等待一块糖，等待一次出游，等待一次表扬，等待梦想实现，等等，无数的等待，已经如花开过、凋零过、欢喜过，也悲伤过。现在还在等待。未来还会有无数等待，等我经历、体验。

也曾认为，等待就是在原地，等别人把自己想要的东西送来，而等来的，都是失望和泪水；也曾认为，等待就是无所事事，时候一到，老天就会满足自己的要求。可是，这样的等待，我毫无所获，而且，让我更感到空虚、难受。

随着年龄的增长，对等待的认识也逐渐加深。后来，我终于认识到，等待是一种心态。在这样的心态里，你要奋斗、勤奋、认真、追求、坚持。就是说，在你的心里要有正能量的内容，要有真、善、美。如果没有这些内容，等待就只是一句空话。

可是，在等待的时候，往往没有耐心。作家朵拉在她的文章里就写过这样的事。一个年轻人，他性子急躁。一天，他在等情人，周围风景很美丽，他却无心欣赏。忽然眼前出现一个侏儒，送他一个纽扣，说："你要是遇着不想等待的时候，把这纽扣一转，就能将时间跳过去。"年轻人很高兴，于是试着把纽扣一转，情人出现了。他心想：马上举行婚礼吧。果然在纽扣的转动下，婚礼场面出现了。他不停地照着心中所想要的，一再地转动手上的纽扣，转眼之间，他的生命来到风烛残年，他吃了一惊，想把纽扣往回转，但使尽了力，也没法回头，他的一生就在瞬息间走完了。他为自己的愚蠢而哭出声来，才发现，原来是做了一个梦。醒来后，年轻人平心静气地望着四周的景物，他觉得澄蓝的天空、油绿的草地都非常漂亮。可见，在等待里，照样有风景，可是，我们的急躁，常常大煞风景。

要知道，那些梦想、目标从来都不会提前告诉你答案，它们要你等待，而有些等待，看似遥遥无期，这就使得一些人感到无望，进而放弃甚至选择极端。当年，美国普利策小说奖颁给了《笨蛋联盟》的作者图尔。消息传出后，人们纷纷前来祝贺，他的母亲向人们讲述了这部作品背后的故事——十多年前，他耗尽心血写成了首部长篇小说《笨蛋联盟》，他对作品非常满意，可在出版商那里，却屡屡被拒绝，他因此失望至极，最终选择了自杀。他的母亲为了了却儿子生前的心愿，带上书稿找了很多家出版社。同样遭到拒绝和嘲讽后，她又把书稿寄给了多位文学界的大家。终于，在他去世10年后，他的作品引起了著名小说家珀西的关注，并把它推荐给一家出版社。结果，书一上市，就受到读者追捧，最后赢得了美国文学界的大奖。

所以，当你的梦想、目标一时没有实现，不要着急，因为"桃花三月开，菊花九月开，各自等时来"。一些事情都有它们自己的节奏、速度，再加上，别人对它们的认可、肯定，这就需要一些时日。

其实，谁都能预料到，在等待里，肯定会遇到种种波折、磨难，而这会让我们的心变得坚强，因此，从这个意义上来说，等待就是一种成全，成全自己，使自己成为一个内心强大的人，而只有这样的人，才能成全自己的梦想、目标。

用美好交换美好

每个人的心里至少都有一份美好。它肯定是光鲜的、灿烂的，闪着迷人的光泽，散发着奇异的芳香。

美好因人而异。对农民来说，丰收的庄稼就是他的美好；对工人来说，质量上乘的产品就是他的美好；对作家来说，受读者欢迎的作品就是他的美好；对科学家来说，新的发现就是他的美好；对运动员来说，前面的桂冠就是他的美好；对失足者来说，改过自新就是他的美好……由此可见，不管怎样的美好，都凝结了人们很多的汗水、心血和智慧。

由此可见，美好不会从天而降。古人云："梅花香自苦寒来。"世上一切美好事物的降临几乎没有不经过一番苦痛的。因此，要想拥有美好，就必须要走一段段的路，虽然这路是艰辛的、坎坷的、泥泞的，甚至是布满陷阱的，但是只要我们能够走出来，它就成了成功之路——那时，我们就会真正拥有美好。古今中外，大凡做出过一定成就的人，比如司马迁、邓稼先、爱迪生、霍金他们……都是这样走过来的。

我比较喜欢的一位作家——斯蒂芬·金，他最大的特点就是勤奋。据说他一年只有3天不动笔：生日、美国独立日和圣诞节。凭着这种勤奋和毅力，数年之后，他把自己推到世界恐怖小说大师的位置上。还有我国的梁漱溟，也是凭着勤奋好学，从一个中学生“升级”成为一个文化大师。他们的结果是名副其实的美好。当然，这美好都是他们自己创造的。

由此我们不难悟出：美好有两种，一种是外在的，比如前面的目标、愿望、追求、向往、梦想等；还有一种是内在的，比如我们的勤奋、执着、信念、坚强、品质等，而且能用后者去交换前者，也就是说，用美好交换美好，这样的交换，一生可以进行一次或多次。但是那些懒惰者、不思进取者、游手好闲者，一次这样的交换也不会有。因为他们没有交换的“资本”——内在的美好。

可是，人生的路不是一马平川的，总有这样或那样的坎坷不平，因此我们必须拥有足够的坚强、乐观、豁达……也就是说，我们要保住自己内在的美好，才能把遇到的“沟壑”给搭上桥，只有这样，才能让自己的美好一路前行，跟前面的美好成功交换。

有一本书叫《是的，你能》，作者是毕维斯，内容写的是他自己的奋斗过程——他原本是个优秀播音员，有一天，与老板发生口角，被老板解雇了，当时他心情相当沮丧，但是，过了不久，他就想开了，对爱人说，我终于有了自立门户的机会了。紧接着，他迅速成立了一家自己的传播公司，不久后他凭借着自己幽默的主持风格，制作了一个“风趣人物”的节目，并亲自主持，数年后，他就成为美国电视荧屏上的风云人物，取得了辉煌成绩。

毕维斯为我们树立了一个很好的榜样——在挫折、不幸面前保住自己内在的美好，即守住自我，这才是王道，因为世上最强大的敌人是自己，把自己彻底战胜了，还有什么不能取胜的？至于美好与美好的交换更不在话下了，甚至会接二连三地进行。

困境是化了妆的仙境

台湾作家林清玄讲过这样一个故事。一位农夫曾求上帝给他一年的时间，不要有大风雨、烈日干旱和虫害。上帝答应了他。第二年，他的田地果然结出许多的麦穗，因为没有任何狂风暴雨、烈日与虫害，麦穗比平常还多了一倍，他兴奋不已。可等到收获的时候，奇怪的事情发生了。他的麦穗竟是瘪瘪的，没有什么籽粒。他含着眼泪跪下来问上帝："这是怎么一回事，您是不是搞错了什么？"上帝说："我没有搞错任何事情，一旦避开了所有的考验，麦子就变得无能了，对于一粒麦子，努力奋斗是不可避免的，风雨是必要的，烈日是必要的，蝗虫是必要的，它们可以唤醒麦子内在的灵魂；人的灵魂和麦子的灵魂相同，如果没有任何考验，人也只是一个空壳罢了。"

生活中很多人都有这样的想法，希望能顺风顺水地做完一件事、抵达某个目标或实现某个愿望，总而言之，就是把困境排除在外或让困境尽可能的少。而事实上，这只是他们的一厢情愿。这跟只要白天不要黑夜、只要阳光不要风雨的想法岂不一样？而现实从来都不是单一的，而是一个混合物：里面有正面的东西，也有反面的东西。因此，希望自己的生活都是一马平川的顺境，那是一件跟现实相悖的事。

很多哲人都表达过这样的一个观点：人生是苦的。这就告诉了我们：生活中那些不快、失意、困难、悲伤等本来就是生活的内容，都是我们要面对的、要解决的、要克服的或要与之斗争的。跟它们交手，一方面锻炼了自己的心志，一方面带我们登上了一个新的制高点。只有平庸的生命才原地踏步走。因此，从这个意义上来说，那些困境是生命的必需品，没有这些东西，生命就失去了该有的生命力，进而不能战胜那些困境，进而使自己成为它们的牺牲品。

罗兰说："快乐是肤浅的，痛苦才是深刻的。"这理，我信。快乐容易让人变得轻狂甚至忘乎所以。在我的家乡，就流传着这样一句话："人欢无好事。"而困境却能让人变得忧伤、沉着，进而让人开始思索摆脱困境的方法或途径。正所谓："生于忧患。"从这个意义上来说，困境就是一种机遇。所以，史铁生说："生命的磨难是一种必然降临的节日。"陀思妥耶夫斯基也说："我只担心一件事，我怕我配不上自己所受的苦难。"把自己遇到的困境处理好了，那困境就会变成仙境，否则，那困境就可能变成绝境。

说实话，置身困境之中，难受免不了，但是，再难受也得面对。夏洛蒂·勃朗特说："假如你避免不了，就得去忍受。不能忍受生命中注定要忍受的事情，就是软弱和愚蠢的表现。"这就是说，要想很好地渡过困境，就必须具备两个条件：足够的品德和智慧。否则，就会变成困境的俘虏。木心说："常见人家在那里庆祝失败。"这就是明智之举。

然而，世人往往喜欢荣誉、虚名之类的东西，而对困境却很讨厌甚至恨之入骨。而从含金量上来比较，困境要比荣誉、虚名有价值得多。诗人阿多尼斯曾说：“我从不关注诺奖，一切奖，包括诺奖，与我无关。获奖不会增加获奖者作品的价值，不获奖也不会减少未获奖者作品的价值。再说，无论是诺奖还是别的文学奖项，一切的奖，和诗歌、诗人都没有关系，也没有益处，倒往往会有坏处。”莫言更是深有体会：“如果没有诺奖插了一杠子，新作早就出来了。”顺境看似悦人，实则害人。

有人说，老天设置了一个个困境，目的就是去考验、锻炼我们的意志和耐心。谁通过了这个考核，就是强者，否则，就是弱者。而无数事实早已证明：困境的本来面目就是理想中的仙境——我们梦圆的地方。只是，在我们与困境相遇的那一瞬间，很多人被它的样子给吓坏了，要知道，那其实是化了妆的仙境，而它能否为你揭开神秘面纱，就看你魅力的大小了。

不急，不急

人很容易急。自己吃亏、上当受骗、利益受损了，等等，每每这时，人就容易急。而急的下一步，就是跟人言语相讥、针锋相对、据理力争、针尖对麦芒，一番刀光剑影下来，往往两败俱伤。自己不但没有讨回道理，又白白惹了一肚子气，赔了夫人又折兵。有时由于愿望落空了，人也跟自己急，跟自己过不去，结果只能把自己弄得遍体鳞伤。所以，遇事不能急。

人生如行独木桥，一急，就容易慌张，一慌张就容易跌落下去，而桥下往往是急湍猛流或万丈深渊。人生亦如下棋。一着不慎，满盘皆输。一急，就容易不慎，不慎就容易招致惨败。

不急。只能不急。

唐代名臣裴度在担任中书令期间，有一次，和属下一起喝酒，就在吃饭前，一名手下慌张地跑来告诉他："大人，您的官印不见了！"众人一听，也都着起急来，但他一点儿也不急，笑着对大家说，官印不可能丢，一定是放在什么地方忘记了，等想起来了自然就会找到的，并吩咐继续摆宴喝酒，欣赏歌舞。在整个过程中，他谈笑风生，好像根本就没发生过丢官印的事一样。深夜，酒足饭饱之后，众人正准备散去，这时，手下兴冲冲地来汇报，说那个官印还在，没有丢。大家都不明白是怎么回事，他笑了笑说："我一想啊，就是下面哪个小官把官印拿去盖私章了，如果大张旗鼓地去查，他一害怕，可能就把官印扔到水中或是火里，那时就真找不到了。如果先不处理，他就会悄悄地把官印送回来。"众人听了，都称赞他遇事冷静，深思熟虑。

如果当时他十万火急，那么就不会有失而复得的局面，就不会有惊喜激荡他的胸怀，取而代之的是不可挽回的损失和挥之不去的郁闷。

可见，不急是一种心态、一种智慧和境界。美国作家斯蒂芬·金的不急之举，堪称我们学习的楷模。

20世纪70年代，他发表了恐怖小说《魔女嘉莉》后，声名鹊起。出版商里皮看中了他小说的巨大商机，对他说："只要你愿意写，我就会出高价买下你的小说版权。我敢保证，过不了多久你就会成为最富有的作家。"他却答道："我还有更重要的事做！"两周后，他写出一个短篇小说，用笔名投给了杂志社。文章发表后，他兴奋地拿给大家看。当时，里皮也在场，于是惊诧地问："你拒绝我就是为了腾出时间写这个小东西？"他点点头。里皮忍不住为他算起账来："你的稿费是700美元，这点儿钱和水管工的周薪差不多，值得你这个大作家花两周时间吗？"他答道："当然。"之后，他用3个月创作出《玉米田的孩子》，经里皮出版后大卖，赚了不少钱。里皮希望他尽快再写一部，可他却摇摇头说："我得停下来再写个小故事。"他不顾里皮的催促，花了3周又创作了一个小故事，等发表后又开心地拿给里皮看，里皮终于不耐烦地说：“你可是个有名的大作家，发表个豆腐块文章还这么开心。”他说：“人最怕的就是被成功冲昏头，所以我总是提醒自己要回到原点，以新人的身份再去写稿、投稿，这样才能保持创作的激情。”

急功近利、急于求成……往往都是小人之举，真正能成大器的人，不会如此慌张，因为他们懂得水到渠成、功到自然成的道理。这正好印证了《明心宝鉴》里的一句话，“大家做事寻常，小家做事慌张”。

你无论有多急，每件事、每个事物都依然按照自己的速度前行。这就像两个人的约定一样，你早早地到了，而对方还没有到，你只能干着急，急着烦躁、抱怨甚至发疯……而就在你急的当儿，理智和冷静离你远去，而混乱和挫败则不请自来。

所以，不管你现在处境如何，不急，不急。要知道，不急者成事。不急者犹如大海，经得起狂风暴雨的考验，而急躁者就像小水洼，就是一阵微风吹来，也能让他动荡不安。可见，要想做到不急，就必须拥有大胸怀和大境界。

到远方去

诗人汪国真曾写道："到远方去，到远方去……"

其实，人生就是一次远行，每个人都在不断地找寻着属于自己的远方。

提到行走，自然就会提到脚。可是，世上有很多有脚却不能行走的人，比如张海迪、史铁生、霍金……但他们比常人走得更有力、更遥远。他们所走的路都是艰辛的路、成功的路，它们的长度就是他们生命的高度，那是常人都不能企及的。

可见，真正支撑行走的不是脚，而是追求、信念、梦想、心灵……它们就是我们的精神之脚。因此，所谓的远方，就有了两个，一个是地理上的，一个是精神上的。而后者就是安妮宝贝所说的"真正美好的地方"，那不是轻易就能抵达的。

对于精神上的远方来说，它又因物和人而异。你若是种子，累累硕果就是你的远方；你若是花朵，醉人芳香就是你的远方；你若是小溪，辽阔大海就是你的远方；你若是士兵，胜利就是你的远方；你若是运动员，冠军就是你的远方；你若是作家，杰出作品就是你的远方……

那么，该怎样才能抵达这样的远方呢？

不由得想到宋代画竹高手文与可，他在画竹之前，先让竹子在心中长出个样儿来，然后再按那心中的样儿将竹子搬到纸上。对我们而言，在动身之前，也要先在心中描画出远方的样儿，然后再去跋涉、找寻。西谚云："如果你知道去哪里，全世界都会为你让路。"因此，目标明确、具体了，行动起来就会更迅捷，甚至能够事半功倍。

当然，这事儿不能光遐想，那从脚下通向远方的路，关键还要靠精神之脚去跋涉。

对于年轻的约翰·克里西而言，能够发表第一篇文章就是他当时最想到达的远方。他把写成的稿件，分别投往各个出版社和文学报刊。可得到的却是一次次的退稿。他将每一张退稿单保存起来，并根据退稿单上的意见修改和写稿。功夫不负有心人，在收到743张退稿单后，他的作品终于发表了，并且从此一发不可收拾，他在40年的时间里写出了564本书，凭借着执着与坚定的精神之脚到达了他渴盼的远方。如愿后，他继续前行，走向了更远的远方……从他身上我们不难悟出：所谓的远方就是愿望与梦想的一个个彼岸。

其实抵达任何一个这样的彼岸都不是一帆风顺的，总有这样或那样的挫折等你去"摆平"。因此我们要勇敢地迈出精神之脚，踏碎途中大大小小的羁绊，只有这样，才能不断地走向远方。

而远方跟时间一样永无止境，生命却是极其有限的，因此，不管我们怎样努力地去走，一生都只能走其中一段。既然如此，我们就只能走好这段路，把它走成无悔之路、成功之路，它们的长度就是生命的高度。有这样高度的人才是大写的人、纯粹的人。

好最终败给了更好

我的一位文友，向我发了一番牢骚，说某杂志的某个栏目，曾经一度成了她的专栏，几乎期期都有她的文章，可是，这一段时间以来，这个栏目里却再也见不到她的名字了，不但如此，就连别的栏目里也没有了她的踪影。于是，她把自己没有上稿的原因归为编辑没有眼光。

说实话，她的文章的确写得不错，每篇文章的转载率都非常高，可是，她近来写得真的不如从前，从文采到内容，再到思想，都能看出一二来。于是，我便对她说：“你之前的文章的确好，但是，这段时间以来，你的稿子的确不如从前，而你说某个栏目没有用你的稿子，说明别人的稿子比你的好。因此，你该做的，就是拿出比别人更好的稿子来，不要去抱怨什么，那都是无益的。”

要知道，在这个世界上，人人都会遇到这样的情形，因为，好不是更好的对手。

一个人可能在某一段时期内，在某个或某些方面一枝独秀，因此赢得了无数的掌声和鲜花，可是这一切都是动态的，西方不是有句谚语说“财富每天都变换主人”吗？其实，不止财富，很多事情都在变化，昨天的第一，今天可能就是第二、第三甚至是出乎你意料的糟糕名次。正所谓：“风水轮流转。”一旦别人的付出、智慧超过你，那么桂冠就戴在了别人的头上了。要知道，世上没有一成不变的东西，要是都静止，这世界岂不成了一潭死水？

清代诗人赵翼在《论诗》中写道：“李杜诗篇万口传，至今已觉不新鲜。江山代有才人出，各领风骚数百年。”不仅诗坛如此，人世的很多方面都是这样。古人不是也说“没有常胜将军”吗？这些都在告诉我们：世界时刻在更新内容，跟不上节奏的，就会被淘汰。因此，谁也不敢说自己就是好的终结者，只能说：我正奔跑在好或更好的路上。一切都在途中。

其实，每个人就像一条小溪一样，见到河，便会觉得河真大；见到江，便会觉得江真大；见到海，便会感慨大海真辽阔；见到大洋，便会惊叹大洋的浩瀚无边。人生就是这样，前面总有更好的内容在等待着我们，而那些更好的内容，就成了那些曾经好的内容的克星。

而我们每一个人，都有好和更好的两面。一个人不断地进步，那就说明：他那个更好的自己不断击败那个好的自己。这也告诉我们：好与更好，是比较，也是竞争，更是进化的必然。人或物处在好的阶段时，是一个级别；处在更好的阶段时，又是一个级别，显然，后者比前者高一个层次。只有按照这个规律一层层前进、勇于登攀的人，才能成为更高级别的主人。

要想做这样的主人，就必须明白这样一个道理：既然好不是更好的对手，那么就说明这好里还存在着不足，就像一块金子一样，里面还有杂质。就拿培根修改自己的作品为例吧，他把自己的作品修改了一辈子。事实就是这样：不停地修改、美化好，就能得到更好。

世间事莫不如此——好最终败给了更好。

专注是通往美好的台阶

一些问题没有答案，一些事情没有结果，一些愿望没有开花……其原因往往不是我们努力不够，而是专注不够。就拿我读《红楼梦》来说，从中学到大学再到参加工作，我一直都在看它，但是，每次都没有把它读完。直到前不久，我才把它完整地读了一遍。以往每每半途而废，那是因为缺少应有的专注；如今已把它“拿下”，靠的是足够的专注。

我曾教过这样一个学生：大家不叫他真名，都叫他“听不见”。这个绰号的由来是这样的——只要他在思考问题、晨读、做练习题时，你喊他，他十之八九不会有回应。是他不愿回答吗？不是，而是他压根儿就没听见你喊他。所以大家就送他这样一个“雅号”。“听不见”归听不见，但是他的进步却看得见。成绩一开始在下游，如今成了班里的佼佼者。他的进步得益于他的专注。

我最喜欢的哲学家苏格拉底，就是一个专注的人。有一次，他和朋友一起去赴宴，走着走着突然想一个问题入了神，落在了后面。他的朋友在发现他不见了的时候大吃一惊，回头寻找，结果发现他站在一根柱子下面。叫他的名字也不回答，显然是思考问题入了神。结果宴会开始了很长时间他才到。不难看出，他专注地思考问题才是他智慧的来源。

无数事实早已证明：凡是有所作为的，无不都是如此专注的楷模。居里夫人读书时常常忘记身边的环境；爱因斯坦工作时把1500美元的支票当纸条用了；高斯为了研究一个问题，竟然忘了回家的路；黑格尔有时候为了思考一个问题在一个地方能够站上一天一夜；列宁写作时，因为太投入，把面包蘸着墨水吃了；毛泽东竟然在闹市里心无旁骛地读书……可见，专注就是通往美好的台阶，一层层地为你铺，直至把你送往一个又一个的制高点。

而一个人要想进入专注的状态，就必须抛弃私心杂念，因为，它们就像田里的杂草一样，必须去掉，否则就会影响庄稼的丰收。当然，这样的状态，要持续一定的时间。早前我看过一幅这样的漫画——一个挖井人，他挖了很多口井了，就是没有挖到水，最后愤然离去。而事实上，只要他锁定任何一口井，再继续往下挖，哪怕几厘米，就会挖出水来。

可见，专注就是一心一意的坚持，而这种坚持要集合你所有的心思。《韩非子》记载：赵襄王向王子期学习驾车的技巧，几天后，他们展开了竞赛。在竞赛中赵襄王三次换马，结果都输了，于是就责怪王子期没有把全部的技术教给他，而王子期却说："驾车的关键在于让马的身体与车子协调一致，全部精力都要用在操纵马上。而现在，当你落后时就一心想追我，领先之后，又怕我从后面超过你，比赛驾车，总是有先有后，而你不管在前在后，心思都用在我身上，又怎能驾驭好马车？”可见，做事时不能老是惦记着其他东西，否则，失败就不足为奇了。

在我们身边，充斥着欲望、诱惑和其他不良因素，而专注就是对它们有力的抵抗，也只有这样的专注才能支撑我们不断前进，直至抵达一个个美好彼岸。

沉默是一只智慧的茧

在我的青春期里，流行过一首歌叫《沉默是金》，张国荣唱的。当时喜欢这首歌，主要源于它的旋律优美而已，至于歌的内涵，只是模模糊糊地了解或者根本就不去理会。可是，随着年龄的增长，我越来越喜欢沉默，而真正懂得它的内涵，是自己在40岁以后。可能看的、听的、想的、经历的多了，就越懂得它的好处。

沉默时，我们就可以让耳朵竖起来听听世界。海德格尔说：“我们能做的，只有沉默，聆听召唤。”从一定意义上来说，我们从中受益最多的是听，而不是说。听了一些好的经验，我们可以用在自己身上；听了一些批评，我们可以更好地改造自己……那些听来的内容，真的是一种召唤，召唤我们去不断地完善自己。

沉默时，我们就可以思考，要知道，这个世界上很多美好都源于它。一个砸在头上的苹果，牛顿把它思考成了万有引力定律；小草叶子上的啮齿，鲁班把它思考成了锯……所以，巴尔扎克说：“一个会思考的人，才是力量无边的人。”

一个人沉默下来，他才能工作、写作、画画、探索、钻研，等等。没有沉默，恐怕什么事情也不能完成。热闹的大街不长草，也不长智慧、纯粹……

事实早已证明：愚蠢的人总喜欢夸夸其谈，废话一箩筐一箩筐的，而智慧的人却常常三缄其口，不想多说半句话。当年，鲁迅先生在给许广平的一封信中写道：“假使我真有指导青年的本领——无论指导得错不错——我决不藏匿起来，但可惜我连自己也没有指南针，到现在还是乱闯。倘若闯入深坑，自己有自己负责，领着别人又怎么好呢？我之怕上讲台讲空话者就为此。”可见，鲁迅先生也想沉默，不想乱讲话。其实，这是所有有识之士的共同点。

所以说，沉默，不是嘴的事，而是心的事。当年白岩松曾说：“我们用来说话的，不是嘴，而是心。”这样说来，我们用来沉默的，也不是嘴，而是心。当一个人的心沉默下来，那才是真正的沉默。这样的沉默才像一片净土，才能盛产累累硕果。

我们知道，喧嚣的尘世就像一片荒野，杂七杂八的东西太多，而要想拥有净土般的沉默，就得靠自己去清理掉那些杂物。日本历史上的著名政治家西乡隆盛就深谙此道。他最讨厌与人争论，平时沉默寡言，彻底信守“不言之教”。有一天，他被邀请参加宫中的酒会，会后要离开时，却找不到自己的木屐。这时，外面正下着雨，但他也没有叫人帮忙找，就打赤脚默默地走出宫门，向雨中走去。来到城门口时，站岗的卫兵便把他叫住，要他报出官衔和姓名。其实也难怪卫兵这样做，因为他的模样实在叫人起疑心。等他报出“陆军上校西乡隆盛”的官衔、姓名后，卫兵却仍不相信，也不准他通过城门。若是一般的人，这时可能就会与卫兵争论一番，但是他却没有这样做，而是在雨中默默地站着，等待自己认识的人经过。不久，右大臣岩仓坐车经过，为他证明了身份，他才被放行。很多人在这样的情形下，肯定早都不能再沉默了吧。但是，西乡却做到了，这是一种怎样的隐忍和修养呢？

孔子说：“人不知而不愠，不亦君子乎？”这样的人，就是名副其实的君子。真正沉默的净土，只属于他们——即使自己有理，也不去辩解，或者，正如简媜所言：“让懂的人懂，让不懂的人不懂；让世界是世界，我甘心是我的茧。”

而沉默就是一只智慧的茧，当沉默达到一定的深度，它就会破茧成蝶，翩翩飞。古今中外，那些著名的文学家、哲学家、科学家等，都曾这样飞过。如果没有沉默，这个世界不知会缺席多少风景。

外界越暗淡，我心越灿烂

有一次，有人来找我的朋友借钱，说有急事。我知道，那人曾经在我的朋友背后使过绊子，并且使我的朋友遭受了一定的损失。按理说，朋友不会将钱借给他的，可是，朋友竟然将钱借给了他。对此，我不理解。朋友见我惊讶的样子，解释道，他坑骗我是他的事情，我助他是我的事情，这是两码事，不能用抵消的办法来解决，再说，要不是到了山穷水尽的地步，他哪能借钱借到我这里？他这么一说，我觉得他的做法于情于理都是对的。

作家亦舒在《刹那芳华》中写道："在他初出道时，有一个人不住地奚落他，他的作风、言语，甚至体型，都是被讥嘲践踏的对象，后来，他红了起来，那个人反而落魄，以至于走投无路，去找他谋个差事，他既往不咎，慷慨应允。"如果他就是放不下过去被侮辱一事，那么他肯定也不会去帮他。

有句话叫"君子报仇，十年不晚"。其实，这是句安慰人或自我安慰的话。既然是君子，一般来说，就没有他消化不了的恩怨，再说，把那些恩怨搁置数年，数年之后，一切都云淡风轻，甚至烟消云散。时间是最好的安慰者和劝架者。很多误解、矛盾、争斗等，都在时间的劝解下，刀剑归鞘。也许，那些吃了亏的、被侮辱的人，在事隔多年后，心里多少还有些不甘，但是，放下仇恨是明智之举，如果总想着报仇，那么恩恩怨怨何时能了结？再说，如果总是打打杀杀没有休止，说不定自己的小命就会毁掉。

当然，一个人要消化掉那些恩怨、仇恨，得需要一个过程，甚至是一个挣扎的过程。当年，日本著名作家德富芦花曾有一个好朋友，由于追求、梦想不一样，结果，他的朋友变得飞黄腾达，而他却没有朋友那样显赫、光鲜，用他自己的话说就是一个失败者。再说，他也不是朋友的对手，连年轻时都追过的一个女孩儿，后来也成了朋友的妻子。就这样，两个人之间出现了鸿沟，把两人隔在两边。有一次，他们在山上的一条羊肠小道上相遇了。朋友一不小心，身体挂在了悬崖边，眼看就要掉下去了，便拼命抓住一把芒草。朋友在喊他。他也在犹豫，到底帮不帮他呢？当朋友伸出满是血迹的手的时候，他也把手伸过去了，就这样，朋友获救了。可是，他却说了这样一句："得救的是他，还是我？"显然，得救的是他，他得救了，他的朋友才能得救。

很多时候，我们都遇到过这样的情形，每每这时，要征服的往往不是我们厌恶的人或遭遇，而是我们自己，只有先把自己征服了，才能征服它们。就是说，不管外界怎样对自己不利，怎样的暗淡，我们都要先摆正自己的心，并且，要让它灿烂起来。

在这个世界上，什么样的人、事和遭遇都会遇到。很多时候，它们就像一个个黑夜一样，将你包围，每每此时，唯一的出路就是，你要像星星一样，夜越黑，你的心就要越灿烂，否则，黑色的幽灵就会将你吞没或者你就变成了它的同伴。

给错误换个方向就是成功

1968年，美国3M公司的科学家斯班赛·斯尔沃博士发明了一种胶水的配方，却不是很成功。

这种胶水看上去很黏，可就是粘不牢东西，即使晾了很长时间，粘上的东西还是会掉下来，所有人都认为斯班赛彻底失败了，这让斯班赛博士大为恼火。他的发明从此搁置了下来，再也无人提及。

几年后的一天，他的同事亚特·弗雷也遇到了一个麻烦。原来亚特·弗雷在教堂的唱诗班里演唱时，他的书签老是从曲谱里往下掉，害得他找不到歌词，唱着唱着就跟不上大家。亚特·弗雷很是烦恼，他需要一种很有黏性但不会永久粘住的东西。如果用普通的黏性很大的胶水把它粘在书上，想把它揭下来时，不是揭不掉，就是会扯坏页面。这时，他想起了斯班塞博士那次不成功的发明，于是灵机一动：把这种胶水涂在书签上，书签不就掉不下来了吗？于是，他试验了一下，把斯班塞博士发明的胶水涂在了书签上，发现不但成了一个听话的书签，而且往上记东西也非常方便，无论把这些书签贴在哪里，它都会乖乖地待在那里，不需要时就把书签摘下来，也不会有任何损坏。就这样，一种带有黏性的书签诞生了，大家都觉得很实用。

按照3M公司的规定，每个搞科研的员工都可以把他百分之十五的工作时间用在自己喜欢的项目上，这样，亚特·弗雷又研究了3年，终于在1977年首次研制成功了不干胶记事贴。到1980年开始大规模生产，后来发展到600种左右的产品，行销全世界。

生活中，遇到一些错误是很正常的事情。可是，很多人一旦遇到错误可能就想到放弃。如果，给错误换个方向再前进，说不定，就会峰回路转、柳暗花明，遇见你前所未有的奇迹。

退

《古今谭概》中记载：有一对父子，他们性格都非常刚直，生活中从来不对人低头，且不后退半步。一天，儿子去集贸市场买肉，在回来的路上，迎面碰上一个人，双方寸步不让，坚决不避开，彼此僵持着。后来，父亲来替换了儿子的位置，继续跟对方“对峙”下去，这惹得众多围观者大笑不止。显然，这两个人都不懂得退的道理。退一步，让对方过去，自己也解放了，各忙各的事情，皆大欢喜。而如此计较，反误了各自前程，同时也彰显了各自的狭隘和自私。

要知道，这个世界上，有太多无聊的人和毫无价值的事情、麻烦，你如果不懂得从中抽身、抽心，那么就可能陷入其中而不能自拔乃至葬身其中。所以，退不是溃败、懦弱、消极，相反，它是一种胜利、勇敢、积极。这样的人，就是古人说的“识时务”的“俊杰”。每个人都有美好的憧憬和理想，为了实现它们，就必须付出辛勤的汗水，而且，这种付出不是一时的心血来潮，而是一生的责无旁贷。如果你因为别的事情分了心，时间也被杂念瓜分得支离破碎，那么你这憧憬、理想的主业就会受到摧残、伤害，甚至可能由累累硕果转化为颗粒无收。这都是因为自己不懂得退的缘故，如果早一点儿从中退出来，那么就不会受此损伤了。

因为这样的退，那些刀光剑影就不会闪现在我们面前，那些阴谋诡计就会变得销声匿迹，那些失意、失败就能打个漂亮的翻身仗，那些虎视眈眈的敌意甚至会改写为美好的友情，化敌为友……

这样的退，还能退出自己的高风亮节以及为人处世的大境界。有一次，诗人歌德跟他的一位政敌在一条小路上相遇，对方说："我从来不给狗让路。"而歌德却说："我跟你正好相反。"两人境界和修养的高低，一目了然，且判若云泥。

不仅这些外在的人、事、物会分割我们的时间和精力，内在的一些东西也会损伤自己，比如傲气、自大等。当年，韩愈自恃才高，连考了四次，最后才算中了第十三名。之后，又一连经过三次殿试，也没得到一官半职。一天，他的夫人卢氏语重心长地对他说："这科场屡挫，必有自己的不足之处，眼下当找出缘由才是。"他听后，频频点头，接着说道："夫人讲的甚是有理，请夫人赐教。"夫人随即展纸挥笔，写道："人求言实，火求心虚，欲成大器，必先退之。"他捧赠言，恍然大悟：骄兵必败，自己身上缺少的正是谦虚。于是，他立即选用夫人赠言中的最后两个字"退之"给自己起了个新名字。之后，他一改那种傲气，变得谦逊起来，仕途上也一帆风顺了，最后成为唐宋八大家中首家。

从外界中容易退出来，可是从内在的世界里就不那么容易退了，因为这种退，在一定外力的提醒下，主要靠自己说服自己、自己战胜自己，而这样的过程是世上最艰难的过程，因为，人最大的敌人，不是别人，而是自己。

这样的退，就像一个人的战争，战争的双方都是自己，自己跟自己较量，而结果无非是那个懂得谦虚、忍耐、豁达、宽容等美好内容的自己获胜了。只有这样，我们才能真正懂得退之道，并且让自己退到恰到好处的位置。

李白诗云："吾观自古贤达人，功成不退皆殒身。"古今中外，那些做出过巨大贡献的功臣，他们之所以没有从那种荣耀中退出来，是因为他们贪恋荣华富贵，缺少淡泊之心。结果往往都是因为其"进"而惹祸上身进而身败名裂。

《老学庵笔记》中所云："唐有一种色，谓之退红。又谓之不肯红。"他们如果有这样的心态，那么其结局该是另一种情形。

很多时候，我们要懂得适时而退，这退是缓冲、准备、等待、反省、调整、蓄势……时机一旦成熟，我们还是要前进的，只是前进的目标，跟真、善、美相关，而且，这样的前进，往往具有爆发力，就像那弹簧，退得越低，弹得就越高——你曾经一米二米的退，换来的可能是几十米甚至上百米的进。

慢

我们从小都听过龟兔赛跑的故事，知道有一种慢，只要能够坚持下来，就是胜利、成功和圆满。伊朗也有句谚语叫“疾驰的快马，往往只跑两个驿亭；从容的驴子，才能日夜兼程”。显而易见，慢，不是消极的、悲观的、敷衍的、萎靡的，而是积极的、乐观的、尽责的、进取的，就是说，这样的慢，属于正能量，属于真、善、美的范畴。

慢，是一种规律，因为，天下每一件事情，都有其自身的节奏，容不得人们任意提速，一旦给改变了，就会违背它们的规律，进而会遭到惩罚，这惩罚体现在——做事失败、心愿落空甚至万念俱灰、一败涂地。古人早就告诉我们“欲速则不达”。

懂得这个道理的人，才能抵达自己的理想的彼岸。

台湾作家王文兴写作以慢著称，每天限制自己手写35个字，最多不超过50字。他用了7年写完了《家变》，之后，他又用了25年写完了

《背海的人》的上下卷，又用了14年，写就了一部校园加宗教小说。曾有记者问他："你为什么写作这么慢呢？"他答道："我是把小说当成写诗一样。"就是这样的慢，使他成为台湾现代文学史上大师级的作家之一。如今有很多"着急"的作家，动不动就冒出一部所谓的畅销书。显然，那不是写作，而是生产。要知道，很多的快，往往跟名利、财富等挂钩。

托·德雷克斯说，慢就是稳妥。没有慢，我们可能就会跟很多美好的机遇失之交臂。当年，太平洋战争爆发后，美国陆军参谋长马歇尔打算挑选一名军官，参与远东战场的指挥、防御工作。最后他看中了某军参谋长艾森豪威尔。一天，他对艾森豪威尔说："这场战争至关重要，如果你能参与其中并有突出表现的话，那么你将前途无量。而对于远东战场的作战计划，你有什么想法？"艾森豪威尔沉思了片刻说："请让我考虑考虑，我会给出您更好的答案。"第二天，他听完艾森豪威尔的汇报后说："你的答案我很满意。其实，我昨天就决定让你负责这项工作了。"艾森豪威尔疑惑地问："昨天我没说什么，您怎么就做了决定？"他说："在重大事情面前，你能冷静思考然后做出决策，而不像有些人轻率就做出决定。这就是我任用你的原因。"后来，艾森豪威尔当上了美国总统。

古今中外，那些在各行各业做出一定成就的人，几乎没有一个不是慢的代言和楷模。司马迁、曹雪芹、邓稼先、莫言、屠呦呦、爱迪生等，对他们来说，慢就是一片肥沃的土壤，经过精耕细作，他们收获了累累硕果。那些急功近利者，往往耐不住性子，也耐不住寂寞，任何事情都想提速，结果却一无所获。因为，他们忽略这样一个事实：人到了，可是，那些事情却还没有达到"成熟"的时候。

清朝张潮说："人莫乐于闲，非无所事事之谓也。闲则能读书，闲则能游名山，闲则能交益友，闲则能饮酒，闲则能著书，天下之乐，莫大于是。”他所说的闲，岂不正是慢的代名词吗？有了慢，我们才能从容地、尽心地享受、思考、丰富乃至升华人生。

其实，生活中，有很多东西跟慢能够画上等号，比如理智，我们常把它说成天使，却把冲动比作魔鬼，另外，还有忍耐、宽容、雅量等等，它们都是慢的表现。从这个意义上来说，因为有慢，这个世界多了美好、少了遗憾。慢，像清洁工，清理掉了无数的垃圾；慢，又像杀毒软件，杀死了无数病毒……

无数事实早已说明：解决各种问题，依靠的往往不是速度，而是态度。要知道，一蹴而就、一步登天等等，都是痴人说梦，而现实则告诉我们：慢慢来，好事多磨。如果你想要成为一片海，那就要耐心地等待一道道溪流不停地汇入。世间事莫不如此。

辑二／常给心灵排排毒

心明媚，世界才明媚

有个故事说，有人总是向客人抱怨：对面住的太太衣服永远洗不干净，晾晒的衣服上总是斑斑点点的。有位细心朋友来访时发现，不是人家衣服没洗干净，而是抱怨者自家窗户上有块灰渍。朋友擦掉灰渍后说："你看，这不就干净了吗？"

在这个世界上，很多问题不是出在别人那里，而是出在自己身上。可是，我们常常议论、指责别人的不好，而事实上，往往不是别人不好，而是自己的心里早已装了一些不好的评价标准。苏轼的妹妹曾说过："心中有鲜花，看什么都是鲜花；心中有牛粪，看什么都是牛粪。"这个理，我信。

一旦遇到了问题、麻烦，人们往往喜欢从别人那里找答案。也许，这是人的一个劣根性。古人说的"以小人之心，度君子之腹"，就凸显了这个劣根性。可是，这样的行径，往往会伤及一些无辜者。生活中，常见的情形是，付出了好心，不但没有得到好的回报，反而遭到了误解。而这，就是因为一些人不明白对方的好意而误解了对方。

北宋著名理学家邵雍就经历过这样的情况。有一次，他在山中行走，渴了，便向一个农妇讨水喝，那农妇就舀了瓢水递给他，还拿了一把干草放到瓢里。见农妇这样做，他很生气，同时觉得受到了极大的侮辱，但是由于当时渴得厉害，他还是忍了忍，边吹着干草边把水喝了下去。之后他问道："你为什么这样刻薄，给瓢水还要加把干草？"农妇笑着答道："你气喘吁吁，一定特别渴。大口喝凉水，容易呛坏身子，往水里加把干草是为了让你慢慢喝水。"听完，他泪流满面，同时为他对农妇的误解而深深自责。

邵雍之所以把农妇的善良误认为是刻薄，是因为他的心里存有偏见。由此可知，不管你是大学问家还是平民百姓，都要检查一下自己的心灵，是不是有了灰尘、阴暗、邪恶等杂质。一旦有了，并且你还没有注意到它们的存在或尚未将其清除掉，那么你的视野里、心上就会多了些不美观的景色。而事实上，你的视野里和心上原本是清净而美好的。心变了，所以，景色就不同了。

照这个理说，世上很多的问题、麻烦、痛苦，都是自找的。冯梦龙在《古今谭概》中讲过这样一个故事：太原有个人叫郭林宗，因为家里的庭院里有一棵树，便总是疑神疑鬼，每次遇到不顺心的事情时，他就觉得跟这棵树有关，后来，他决定要砍掉它，而他的朋友徐孺子听说后，劝阻他说："这么好的树，为什么要砍掉它呢？"他说："建造住宅的庭院，就像正方的口字，口中有木，成了困字，这是不祥之兆。"徐孺子说："照你这样讲，院中有人，不就是囚字吗？囚字更不祥啊。"他听后，哑口无言。生活本来是方方正正的，却因为自己的谬论、无知而变成了歪瓜裂枣。

所以，很多的问题、麻烦、痛苦，都是自己的恶果。从自己身上找原因解决问题才是正道。用哲学上的话说，自己才是内因。同时，也不要抱怨自己所处的环境花不香、山不青、水不秀、天不蓝、笑不甜，要知道，境由心造，什么样的心境创造什么样的环境，心明媚了，世界才明媚。

拥有大器量，才有大境界

古人云：“时穷节乃见。”越是境况不佳时，越能看出一个人的度量、涵养。人生就是一个大考场，这样的考试随时都会降临在你的身上。古语说得好：“无度不丈夫。”因此，要想做天地间大丈夫，就必须拥有大器量。

要想拥有大器量，就不要对号入座。一次，马其顿国王阿普拉于斯在街上走时，被人泼了一身水。看到的人都说，国王该惩罚那泼水人，而他却说：“是的。不过，他并没有把水泼在我身上，而是泼在他认为的那个人身上了。”有人曾告诉苏格拉底，有人诽谤他，而他却说：“他诽谤的不是我，因为他的那些东西在我身上丝毫都不存在。”北宋名相富弼，一次外出，一名随从对他说，某某人在你身后骂你，而他却说：“他骂的不是我，是跟我重名的一个人。”那个骂他的人听到后，感到羞愧之极，当面向他道歉。如果对号入座，那么结果肯定会是另一番情形：唇枪舌剑、大动干戈、针尖对麦芒，最后两败俱伤。所以，生活中，有一些火，不要往自己身上引，否则就会引火烧身，后果不堪设想。

要想不对号入座，就要懂得宽容。说实话，有一些“号”就是为你量身定做的，但你完全可以不在乎。《庄子》记载：一个人去拜访老子，这人见老子家里凌乱不堪，心中就感到非常吃惊，于是高声骂了一顿老子，然后扬长而去。翌日，他又回来找老子道歉，而老子却说：“如果昨天你骂我是马，我也会承认的，因为别人既然这么认为，一定有他的根据，假如顶撞回去，他一定会骂得更厉害。这就是我从来不去反驳别人的缘故。”因此，一些人之所以生活安宁、闲适，其原因不在于他们的是非、争斗少，而是他们懂得用宽容之心去化解。正如西德尼·史密斯所言：“生活中有许多这样的场合：你打算用愤恨去实现的目标，完全可能用宽恕去实现。”

要想宽容，就必须给心灵足够大的空间。空间小的心像小水洼，即使一阵微风也能使之心神不宁；空间大的心像海，能装得下十二级飓风、万丈狂澜。哲人说：“你想的对象大，心就大；你想的对象小，心就小。”也就是说，想着绝望、仇恨的和想着向往、宽容的，其空间是不同的，因此，从这个意义上来说，空间的大小取决于你的思想、襟怀。

要想给心灵足够大的空间，就必须懂得拒绝。一次，有人对释迦牟尼侮辱了一番，他没有立即回击，而是微笑着问道：“别人送你的东西，如果你拒收，那么这个东西应属于谁？”那人回答道：“当然属于送东西的人。”他接着说道：“这就对了。”生活中，要懂得去拒绝假、恶、丑，为真、善、美留足空间。可是，有些“丑”拒绝不得。周作人做官时，以前的一个学生穷得没办法，来找他帮忙谋个职位。一次，他来时恰逢老师屋里有客，门房便挡了他的驾，他就疑惑老师在回避推托，于是就站在门口大骂，声音高得足以让屋里人听得清楚。没想到，过了三五天，那位学生就得了一个职位上任去了。有人问周作人："他这样待你，你反而用他，是何道理？"他说："到别人门口骂人，这是多么难的事，可见他的境况确实不好，太值得同情了。"因此，有时候，我们还要化丑为美。

可见，人生有大器量，才有大气象、大境界。大器量就是一座座的桥，使生活中那么多的沟壑都变成了坦途，使自己和别人都走得顺畅。

遵守心灵的秩序

伯克说：“良好的秩序是一切美好事物的基础。”走路、交往、为人、处世等，都得遵守秩序。比如说走路，如果不遵守交通秩序，原本宽敞的大道却被堵得水泄不通，行人寸步难行；原本不会发生的事故却频频发生，造成不该发生的悲剧……所以，阿米尔说：“秩序意味着光明和安宁，意味着内在的自由和自我控制；秩序就是力量……秩序是人类最大的需要，是真正的幸福所在。”

而秩序包括两种，一种是外在的，比如交通秩序，一种是心灵的，比如为人处世的原则、底线。生活中，前者常有特定标志的提醒和相关人员的监督，而后者主要靠自己的自觉和品德。所以，最能考验人的是后者，并且，严格遵守后者的人，才能真正遵守好前者。而在后者中，排在首位的、最大的秩序是良心，卢梭说它“始终是不顾一切人为的法则而顺从自然的秩序”。

而要想很好地遵守心灵的秩序，就不要为任何身外之物所打动。唐代大臣崔群被选为翰林学士后，唐宪宗下诏规定，今后凡翰林学士奏事，都必须有他的署名才能报上来。得到皇帝如此信任，可他连忙对皇上说：“翰林院的做法，往往会成为一种规矩，如果照此办事，将来万一有阿谀奉承的人担任了翰林院的长官，那么官阶低的人直言进谏就无法上达了，所以请陛下收回这个成命吧！”宪宗一听，也觉得有道理，就没有执行“连署”的旨意。幸好他淡泊名利，否则，他就会利用职务之便窃得名花利果，进而会丢掉自己的原则性。

而要想使自己不为身外之物所打动，就必须有一定的信仰、修养。当年，韩愈到京城参加会考，主考官陆贽要求考生文章用骈体写，可他没有这样做，因此落榜。三年后，韩愈再次参加会试，这次的主考官还是陆贽，很多人就劝他说：“不求文章中天下，只求文章中考官，你把文风改一改吧，否则还会落第！”他听后表示：“就是一辈子考不中，我也不去模仿那腐朽的文风。”进考场后，韩愈发现考题竟还是原来的题目，而他写的也还是原来的内容。陆贽看完后发现他仍然没有按要求写骈体，但文章内容相当出彩，而且，陆贽也为他的坚持所打动，便录取他为进士。如果没有自己的信仰和修养，那么韩愈就会曲意逢迎别人而失去自己的个性、品格乃至前途。

拥有一定的信仰和修养的确很重要。而要做到这一点，就必须还原出最真实的自己。十月革命胜利后的一天，列宁到理发馆去理发。一进门，等着理发的人都一眼认出了他，知道他日夜为国家大事操劳，每一分钟都极其宝贵。于是大家急着对他说：“请您先理吧。”他回答说：“谢谢诸位同志们。不过这是要不得的，应该按班次、守秩序。我们自己定的法律，应该在一切琐碎的生活里去遵守它。”列宁不肯先理发。他没有因为自己的高位、成就而迷失自己。而一个迷失了自己的人，将变得一无所有，正所谓："皮之不存，毛将焉附？"

而要还原出最真实的自己，就必须拥有一定的境界。英国作家巴威尔·利顿，经过艰辛努力创作出来的《杂草与野花》和《福克兰》两部作品，都是失败之作，因此他遭到了人们恶毒的批评和攻击。但是他依然努力写作。后来，他用一年的时间创作出了《伯尔哈姆》，一下引起了读者的好评，一发而不可收。从此他开始了长达30年的文学生涯，其间写出了一系列轰动性的成功作品。要知道，生活如海，难免起风浪。要是没有一定的境界，小风小浪也会要了你的命；有一定的境界保驾护航，再大的风浪也奈何不了你。

罗曼·罗兰说："所谓的秩序就是想做不让做，不想做的偏让做。"这话告诉我们：做事、做人的标准不是自己的好恶、爱憎，而是真、善、美。只有这样，我们才能更好地遵守心灵的秩序，进而为这个世界增添更多的美好，而不是让人伤心的意外。

常给心灵排排毒

我们有过这样的感受，一遇到辽阔的海、一望无际的大草原……第一感觉就是心旷神怡，所有的烦恼、忧伤，瞬间杳无踪影。我想梭罗来到瓦尔登湖就是去“排毒”的，尘世的纷扰、喧哗、浮躁不利于写作和思想感情的顺畅表达。在那里，他用两年时间完成了一本巨著。而他如果一直在尘世生活，我想，他无论如何也不会写出如此宁静、隽永的书。

体内的毒素必须清除掉，否则，它们就会毒害你的身体、思想和心灵，严重时会腐蚀我们的思想、吞噬我们的心灵。

我们知道，孔融很器重祢衡的才气，曾经多次向朝廷推荐，还在曹操面前夸过他。于是曹操想见他，但是他很狂傲，不但不去跟曹操见面，而且还说了曹操的不少坏话，遂被送给刘表，后又被转送黄祖，最后终被杀害。可见，祢衡是被狂傲毒死的。

我们也听说过木马屠城的故事——特洛伊人与入侵的希腊联军作

战，双方互有胜负，后来联军中有人献计，假装全部撤走，留下一大批木马并将一些勇士藏在马腹内，其他主力部队躲在附近。特洛伊人望见远去的舰队，以为敌人真的撤走了，就在毫无准备的情况下，将木马拖入城内，然后开始歌舞狂欢，纵酒作乐。就在他们沉浸于睡梦中时，木马中的勇士纷纷跳出，打开城门，里应外合，瞬间就将特洛伊消灭了。可见，特洛伊是被掉以轻心、得意忘形毒死的。

除此之外，还有各种毒素存在于我们身上。生活中，某某因为嫉妒，夜不能寐，他哪还有心思追求自己想要的东西呢？某某因为懒惰，该做的事也不做，天上哪有掉馅饼的好事呢？某某因为欺骗，本该得到的玫瑰花却开在别人的手上，虚假怎能赢得真诚？某某因为贪得无厌，忘了做人的底线，最终踏上了不归路；某某因为软弱，途中的一个羁绊，竟然成了他的“归宿”；某某因为敷衍，该认真做的事他却以应付待之，最终难逃被辞退的命运；某某因为心胸狭窄，完全可以不去计较的一件事却释怀不得，最后跟人大动干戈，差点儿一命呜呼……不把毒素清除掉，你就休想得到你想要的一切。

有人问纽约劝业银行创始人佛勒：“您认为成功的秘诀是什么？”他回答道：“用努力来发泄胸中的怒气。”人活于世，难免会碰壁、受伤，因此会产生一些不良情绪，对它们而言，与其把它们压抑在心里，倒不如痛痛快快地发泄出来，要知道，乌云散去是晴空。可见，“排毒”不失为明智之举。

佛家云：“莫向外求。”诚如斯言。在这个世界上，最终能够帮助、挽救我们的，只有自己。因此，我们体内的各种毒素还得靠自己去把它们“赶尽杀绝”。每个人都是一个容器，这方面的东西盛得多了，那方面的东西就没有地方盛了。把毒素清理干净，腾出更多空间去容纳更多真、善、美来滋养我们的身体、思想和心灵。

节制是心灵的闸

著名学者梁漱溟说，人类面临三个难题：人与动物、人与人和人与内心。其中最难解决的当是人与内心。为什么这样说呢？生活中，我们常常打败了别人，但是很难战胜自己，也就是说，自己的那颗心像一匹脱缰的野马，去了不该去、不能去的“草原”。这样的心，丢了，而丢了心的“我”也就不复存在，存在就成了行尸走肉。

那么，该怎样让自己拥有一颗积极、进取、乐观的心？方法不是没有，有，而最明智的做法就是为心灵设个闸——节制。有了它，欲望和非分之想的洪水就能够被挡住，心灵才会变得宁静。只有心静了，我们才能有正常的想法、愿望，才知道该做什么，不该做什么。

没有节制，心往往盛了不该盛、不能盛的东西，比如嫉妒、贪婪、仇恨等等，而这些东西不是好运的种子，不会改变命运。秦国的太医李醯自知医术不如扁鹊，于是就派人杀了他，可是到现在，天下谈论诊脉的人还是遵从扁鹊的理论和实践。其实嫉妒之心人人都有，如果李醯能化嫉妒为动力，发愤提高自己，那么他就有可能迎头赶上甚至超过对方，从而真正地改变命运。记得高中班主任常说四个字，我命在我，进一步说，就是我命在心，在一颗设置了闸的心。

没有节制，不但改变不了命运，而且常常会丢了自己。晋献公想向虞国借路去讨伐虢国，荀息建议用他最好的宝玉和良马贿赂虞国君主，向他要求借路。晋献公说："假如他接受我的礼物又不借路，怎么办？"荀息说："他不借路，必定不敢接受我们的礼物。"晋君说："好吧。"就让荀息带着两样宝贝去贿赂虞公，向他借路。虞公见良马和宝玉如此大礼，大喜之余，就打算答应借路。宫之奇劝谏说："不能答应。虞有虢好比车两边有护木。护木依靠车子，车子也依靠护木，虞虢两国的地理形势正是这样。假如借路给他们，那么虢国早上灭亡，虞国晚上就要跟着灭亡了……"虞公不听，于是借路给晋国。荀息讨伐虢国取得了胜利，三年后又发兵打败了虞国……可见，晋君心里没有设置节制这个闸，因此丢了自己和江山，悲哉。

但是，一个人无论如何也不能丢了自己，就像一棵失去了根的树，那树干、枝叶迟早会干枯、烂掉。我们常说根深叶茂，诚如斯言，只有守住自己的根本，才能去做自己喜欢做的事情。因此，要想这样，就必须给心灵设置节制这个闸。有了它，心就不会被杂念、欲望扰乱，力量和时间就不易被分散。再说，属于每个人的时间、精力、生命都是有限的，所以我们必须有目标、有方向地去努力，正所谓"好钢用在刀刃上"。

一天，台湾作家梁实秋和朋友们一起吃饭。熏鱼端上来了，他不吃；冰糖肘子端上来了，他又说不能碰；什锦炒饭端上来了，他还是说不能吃。最后八宝饭端来时，没想到他居然开心地说："这个我要。"

朋友提醒他："这里面既有糖又有淀粉。"他却笑着说："我当然知道，我前面不吃，是为了后面吃啊；因为我血糖高，得忌口，所以必须节制着、计划着，把那'配额'留给最爱。"许多人，都因为他们节制自己，集中力量在特定的事物上，才有所作为，甚至做出了杰出的成就。当然，凡事都有一个度，节制也不例外。节制不够和节制过头都不会收到预期的效果。

浅水大鱼不游，浅土大木不长。要想恰如其分地做到节制，就离不开很高的修养、渊博的知识、良好的习惯……只有具有这些条件，我们才能很好地为心灵设置这个闸，让它挡住欲望、贪念、丑陋、邪恶……让心灵装满真、善、美，装满人间真情，装满人间种种美好。

沉淀自己的心灵

在这个世界上，浮躁的人越来越多。他们往往为了追求名利、权势、成功、地位等身外之物，急于求成，把不该缩短的过程给缩短了，甚至想到什么就想立马得到什么。因此，在这个过程里，投机取巧、不择手段、缺斤短两等龌龊的行为就应运而生，更有甚者，为此而铤而走险……

可见，沉淀自己的心灵对人生多么重要。

当年，著名学者王叔岷考入北大文研所后，所长傅斯年曾问他：“你想研究什么课题？”他说：“《庄子》。”所长点了点头，说：“要把才气洗净，三年之内不许发表文章！”这话让他很纳闷，因为按他的理解，多发表文章是自己实力的体现，为什么文研所要规定三年内不许发表文章呢？但他没有跟所长去争辩，而是按照所长的要求把全部精力都用在了学术研究上，从校勘训诂入手研究《庄子》，后来终于成为20世纪在《庄子》字意训诂方面最权威的学者。有了成就的王叔岷，才明白了所长当初的良苦用心——做学问最忌目光短浅、心浮气躁，“板凳要坐十年冷”。

而沉淀自己的心灵跟古人所说的“正心”就是一回事。这是做人、做事的第一关。过不了这一关，就休谈“修身、齐家、治国、平天下”。就是说，心灵没有得到足够的沉淀，人格就不会闪光，理想就不会实现。王叔岷的成功就很好地说明了这一点。

因此，沉淀自己的心灵，就是让心灵变得日益纯粹、明净，滤去那些杂质——诱惑、欲念等。而“降魔者先降自心，心伏则群魔退听”。这是《菜根谭》里的智慧的忠告。意思是说，一个人这只有战胜了自己的心灵才能战胜外在的东西。而沉淀自己的心灵，最终就是要战胜它。

亚历克斯·哈里当年从海岸警卫队辞职专心写作，在纽约某公寓大楼的一间储藏室里，他用一台旧打字机，开始了艰苦的创作。他的稿费还不够糊口，以至于不得不借钱度日。有一天，他接到一个电话，是在海岸警卫队的老朋友打来的，告诉他队里缺一个公共资料管理员，年薪6000美元。那是1960年，6000美元可是一笔数目不小的钱。他为此心动过，但当他低头看到自己写的那些稿子时，他立即清醒了。他对自己说：“我的理想是成为一名伟大的作家，难道我的理想就值6000美元吗？”最终他还是选择了写作。1976年，他的小说《根》发表并立即引起了轰动，他一跃而成为著名作家。

哈里多年的潜伏期，也是他心灵的沉淀期，没有这个过程，其心灵就不会得到历练，而没有经过历练的心灵就禁不起诱惑、考验……由此可知，一个人如果思想不过硬、没有一定的意志力等，他就没有耐心去沉淀自己的心灵，而心灵得不到足够沉淀的人，就不会变得纯粹、高尚。

生活中，我们常说，缓一缓、静一静、忍一忍、让一让……其实这些都是沉淀，因为它们，我们保证了最真实的自己。记得母亲煮稀饭时，总是用小火煮很长时间，那样煮成的稀饭更香。心灵也是这样，需要足够的时间去沉淀，那些人格的魅力就是沉淀的结果。

台湾著名作家琼瑶曾说："人生如河，人要沉到河的底部。"所以，一个人如果达不到一定的深度，一些"急流"随时都会扰乱他，甚至"冲走"他。因此，为了那深度，就必须耐心地去沉淀自己的心灵。正如梭罗所说："我要活得深刻，把生命的精华吸个干净；我要坚毅地生活，摆脱所有没有生命力的人和事……这样，当我死时，才不会发现：我没有活过。"只有这样，我们才活得问心无愧、真实而高贵。

品味是心灵的仙露

生活中，我们会发现这样两种人：一种人唯物质至上，一种人在获得必要的物质之后，就活在自己的精神世界里。就是说，前者是世间的名利客，后者是有品味的生活家。那么，什么是品味呢？词典上讲，品味就是品格、趣味，而我认为，真正的品味应该是一个人在一定的品格之上所拥有的趣味。只有这样，他才能活得有情趣、有意思、有内涵。

因此，我也极想做一个有品味的人，所以，我常常约请朋友出去玩玩，可是，他们常常拒绝我，并且说，你是文人，我们是俗人，没有那么多的闲情逸趣可以陪你游山玩水，我们得生活，得挣钱养活老婆孩子，再说，那些山水能当饭吃还是能当水喝？而我也常常反驳他们，挣的钱再多，你们不也是只有一口、一胃、一身吗？那些多余的东西，就相当于你身上多余的肥胖——只有害处，没有好处。可是，结果，他们还是坚信他们的那一套。在他们看来，品味只属于那些做着轻松工作、有文化的人。这种观点错了。在《儒林外史》中，杜慎卿等游金陵雨花台，坐了半日，日色已经西斜，只见两个挑粪桶的人，挑了两担空桶，歇在山上。这一个拍那一个肩头道：“兄弟，今日的货已经卖完了，我和你到永宁泉吃一壶水，回来再到雨花台看看落照！”杜慎卿笑道：“真乃菜佣酒保都有六朝烟水气，一点儿也不差！”可见，一个人有没有品味，不是看他有没有学问、有没有好工作，而是看他有没有一颗不为世俗所累的心。

也有人认为，品味跟环境有关，没有舒适的环境，就难以有品味。这样说也是不对的。梁实秋笔下的“雅舍”，本是一座极其简陋的房子：“火烧过的砖，孤零零地砌起四根柱子，上面盖上一个木头架子，看上去瘦骨嶙峋，单薄得可怜；但是顶上铺了瓦，四面编了竹篦墙，墙上敷了泥灰，远远地看过去，没有人能说不像是座房子。”房子怎样的简陋，可想而知，可是，就是在那样的房子里，梁先生在那里翻译、创作了大量作品，《雅舍小品》也是在那里写就的。可见，一个人有没有品味，只跟他的目标、信念有关，与环境的优劣没有关系。

不难看出，品味是一个人内在的东西，跟他的心灵息息相关，至于外界的东西，很难跟它挂上钩。我的朋友、作家李丹崖曾在他的《风物染人》中写道：“这几年，我在书房写作的时候，喜欢坐一把藤椅，后来，年久失修，藤椅垮塌，爱人看我写作辛苦，不惜斥资给我换了一个真皮沙发，我坐在高档的沙发上，思路却一度卡壳，伸手摸满是包浆的藤椅背时，已被冰凉的沙发取代，说不出的别扭，后来，只得换了一把和原来那把差不多的藤椅，才重新接通灵感的电路。”这说明：如果用物质去点缀品味，可能会适得其反，因为，真正的品味拒绝任何外物的修饰。

而对于品味的理解，我很欣赏作家贾平凹的说法：“人生得也罢，失也罢，成也罢，败也罢，只是心灵的那泓清泉不能没有月辉。”那泓清泉再清澈，如果总是处在黑夜里，它也只能盛满一片黑夜——白白浪费了一泓清澈。可是，如果有了月辉的映衬，那么它就会变得如梦幻般的空灵、似仙境般的美丽。这样说来，一个人失去了品味，岂不白白浪费了心灵？置自己的心灵于不顾不理，那心灵岂不成了一块荒地?

再说，人生起起伏伏，难免有落魄之时，即便如此，也不能失去了品味。被誉为“徐志摩胞弟”的邵洵美就是一个有品位的诗人。虽然他晚年贫病交加，却依然很讲究。有一次，他的老友秦鹤皋去看他，见他正坐在一面小镜子前梳头，桌上放着一碗“刨花水”(浸着薄木片的水)。品味的内涵里应该有这层意思：不管发生了什么，都要乐观、豁达地面对一切，就像苏轼一样，虽然被一贬再贬，却依然没有丢掉自己的诗情画意，并常常以闲人自居。

所以，过有品位的生活吧，否则，就会像作家林语堂所说的那样，“生活必日趋欺诈，思想必日趋迂腐……而人的心灵必日趋顽固”。而品味就是心灵的仙露，有了它，我们才能活出人生的真滋味。

脱俗是心灵的绿洲

作家林语堂说："凡人在世，俗务羁身，有终身不能脱、不想脱者。由是耳濡目染愈深，胸怀愈隘，而人品愈卑。"由此可见，一个人能否脱俗直接决定其人品的高下。而脱俗，顾名思义，就是摆脱掉一些世俗的东西，而世俗一般包括虚伪、虚荣、贪财、势利、见利忘义等不良习气，进一步说，就是指人的各种劣质。

白岩松曾说，中国人太专注于做有用的事，只要做的事跟升官、发财、成名有关就有用，否则就没用。就是说，人们关心物质甚于心灵。这样的话，心灵因为得不到充分的关心，就会变得粗鄙、丑陋甚至邪恶，而拥有这样心灵的人，往往会为了一己之私而不择手段，生命就会因此变得倾斜或倒塌。

说实话，必要的物质是必需的，但也是有限的。美国著名作家斯蒂芬·金在笑傲美国图书排行榜多年之后，曾尝试过给自己换一张豪华书桌，胡桃木材质，看上去让自己“更成功”。但是不久之后，即宣告放弃，因为在这张桌子上他灵感全无，注意力随时被桌子上的小玩意儿吸引走。自此之后，他又在原来的那张只有1平方米大小的桌子上写作。还有，法国哲学家狄德罗，有人送他一件好看的棉袍，穿上它之后，他竟发现家具再也不能与之匹配，于是他重新换了一套家具。而后来一天，他幡然醒悟，发现这一切是那样的陌生与不适。他终于又恢复了原来的生活。可见，一个人若沉湎于世俗的贪欲、占有欲，那么他就会渐渐失去理想、成功和自我。

而不能脱俗的人，往往会把对物质的追求当作生活的重点，其后果就导致了他心灵世界的沙漠化。因此，从这个意义上来说，脱俗是心灵的绿洲。有一次，柏拉图问苏格拉底：“老师，请告诉我，为什么我从未见过您蹙眉，您的心情怎么总是这样好呢？”他笑言：“我不会因为失去什么就感到遗憾，也不会因为拥有什么就变得欣喜若狂。”可见，一个人必须看淡那些身外之物，坦然对待得失，他才能达到脱俗的境界，保证心灵的丰盈和滋润。

可是，生活不是一杯纯净水，它也有“浑浊”的时候。如果你不能像莲花那样“出淤泥而不染”，那么就可能与之同流合污，失去了自己的那份清澈。虽然世事纷扰、扑朔迷离，但是一定要去辨别真伪、是非，只有这样，我们才能达到脱俗的境界。

《小窗幽记》里有言：“达人撒手悬崖，俗子沉身苦海。”两者之所以如此不同，就是因为前者的心里有一片绿洲——脱俗。纵使世界变成了沙漠，这样的人，也依然拥有属于他们的希望、清新……

给心灵安装一个删除键

我有个习惯，看书之前好看一下作者的简介。我发现，有些作者，年纪轻轻就已经著作等身了，三四十岁就出版了十几本甚至几十本，而事实上，真正畅销的或被多数人知道的，一本也没有。我不是说，出书多了不好，而是说出了一些没有读者的书不好。也许，在他们看来，多出一本就代表实力的增强，就表明自己向著名作家的行列又迈了一大步。

其实这种观点和做法是错误的。数量与质量相比，还是质量决定一切。世界上很多大师级的作家出版的书，并不多。《飘》《红楼梦》等世界名著，他们的作者一辈子不都只写了一本书吗？但是，他们都仅凭一本就能流芳百世。

那些明智、清醒的作家都认识到了这一点，所以，他们在整理自己作品的时候，就删除掉了那些自认为不佳的内容。巴金生前就做过类似的事情。台湾文坛公认的实力派女作家简媜，也曾说：“‘著作等身’绝非好事，一个作家不管写了多少书，都应在写作生涯末期时自行砍杀，只留下1／3作品。比如写了9本，只应留下3本，另6本绝子绝孙。”她本人也是这样做的。很多作家虽然写了很多作品，可是被读者记住的就那几本。

其实，我们每个人不管你从事什么职业，都得有这样一个精品意识。因为，一个人的精力、时间等都是有限的，可是，要是不加选择的话，他要做的事可能会无限多，而做的事越多、越杂，就越难出精品，要知道，任何一个精品都是“十年磨一剑”的结果，否则，就是粗制滥造或机械化的生产。所以说，与其分散力量做一些事情，倒不如集中力量做自己该做的、喜欢做的事情，这样更容易结果，而且结一个大大的果。

作家刘震云有本小说叫《一句顶一万句》。说话这样，做事更应该这样，以一当十、当百、当千甚至更多。就像这个世界一样，产品已经不少了，有些甚至严重过剩了，可是，精品呢，却不多，甚至没有。所以，人嘛，就要把好钢用在刀刃上，这样才更厉害。剧作家、导演李国修就深谙此道。年轻时，他曾抱怨父亲修了一辈子鞋也没有发财，而父亲却把他痛骂了一顿，并且很严肃地告诉他：“一个人一辈子只要做好一件事，就算功德圆满。”他深受启发，从此，闲散的他也变得紧凑起来，把所有的心思都用在“开门、上台、演戏”上了，后来，他终于学有所成，被誉为“台湾的莫里哀”。他如果这也做那也做，那么就不会取得这么大的成就。世间事莫不如此。

曾有人问在大街上散步的罗丹：“什么是艺术？”杰出的雕刻家毫不迟疑地回答：“减去多余的部分。”其实，何止艺术如此，生命也如此。那些可要可不要的，就不要，那些可做可不做的，就不做；那些可想可不想的，就不想……而人的任何言行举止往往都源于心灵的谋划。因此，给心灵安装一个删除键，势在必行。

诗人叶芝诗云：“尽管枝叶繁多，但根茎只有一个；经过了年轻时所有说谎的日子，我已在阳光下摇落枝叶和花朵；现在我可以凋零了，成为真实。”其实，生命原本就那么简单，它的所有复杂最终会尘埃落定，归于简单。而在这个过程里，我们在不断地删除那些多余内容，生命因此变得更加纯粹、高尚。

还是自然最养心

我的一个作家朋友，工作单位、爱人儿子都在省城，可是，他还是向往乡间的田园生活。因此，他拿出十几万稿费，在他的家乡，在他原来的宅地上，盖了几间房子，又在四周砌了围墙，还在院子里种了蔬菜以及各种花草。走进他的院子，仿佛就走进了一个庄园。每逢节假日，他都驱车从省城回来，在自己的“庄园”里小住一段时日。每次走的时候，都大包小包地带走一些绿色环保的蔬菜、瓜果，仿佛带走了一小部分乡村。

一次，我问他：“在省城里住得好好的，为什么非要来乡下呢？”他说：“虽然在省城住了那么多年，可是，还是觉得自己离不开乡村，每次回到乡村，感觉自己就像乡村的一棵庄稼一样，心里说不出的踏实、宁静和喜悦。关键是，在省城里，自己天天就像生病了似的，而一回到乡村，心情立马好起来了，精神变得饱满。看来，还是自然最养心。”

一句“还是自然最养心”，说出了很多都市人的心声。

“春有百花秋有月，夏有凉风冬有雪，若无闲事挂心头，便是人间好时节。”这首禅诗也告诉我们：好日子往往跟自然有关，而那些坏日子往往跟非自然的内容有关。大明星伊丽莎白·泰勒的感受就是明证：“我这一生，拥有财富、名声、成功、容貌，但从来没有拥有幸福。”她之所以没有幸福感，从一定意义上来说，是因为她一直为了非自然的内容忙碌。所以，一个人还是要看开些，不能光为了财富、名声等身外之物，要知道，一颗贪婪的心，就是全世界也满足不了它。而一个人需要的就那么多，可是，那些多余的东西，定然会耗费你的时间、精力，让你体疲、心烦、心累、心伤乃至产生心病。

日本作家德福芦花有本书叫《自然与人生》，单从书名，你就不难悟出这样一个道理：没有自然，就没有人生，自然与人生，相辅相成。他倡导人们做“美的农民”，每天抽出五分钟，去看看花、访访草、问问斜阳、听听雨……正如莎士比亚诗云：“我们的生活，可以远离尘嚣。森林中有树木窃窃私语，流淌不息的小溪似万卷书籍。神的教诲寓于路旁之石，世界万物皆蕴含着启迪。”自然是滋润心灵的仙露。

学者于丹在她的《人生有味是清欢》一书中讲过一个自然养心的故事。一位国王择偶很挑剔，一直没有找到理想的妻子。有一次，她在森林边遇到一个女孩儿。女孩儿像仙女一样美丽。国王一见钟情，一定要娶她为王后。女孩儿答应了，但有一个要求：“每天下午四点，我需要回一趟森林，五点准时回来。一天就这一小时，不要问我干什么，也不要让任何人跟踪我。”国王同意了。婚后，年轻的王后知书达理，善解人意，深受所有人爱戴。可是，大家很好奇，她每天那么忙碌，却从不抱怨，永远那么鲜亮、天真，这是什么原因呢？一晃二十多年过去了，她还像新婚时那样漂亮。国王却越来越疑惑——她为什么每天都要回森林？森林里到底有什么魔法？国王终于跟踪了一次妻子。原来，她走入森林深处，来到一块大石头边，摘下镶满钻石的王冠，脱下所有衣物和水晶高跟鞋，在石头上安静地坐下来。抬头看看天上的鸟，听它们歌唱；低头看看溪水，闪着波光；闻一闻花香，拨弄树叶，她像小女孩儿一样，天真烂漫地欣赏着这一切。一个小时就这么过去了，王后穿好衣服，戴上王冠，拎着长裙的一角，走出了森林。

一个王后，要什么有什么，可以说，凡所应有，无所不有。可是，她非要那一小时的自由不可，而那一小时的自由，是跟自然亲密接触的、彻底离开一切外物的自由，没有任何外物的负累和牵绊。可是，如果没有这一小时自然的陪伴、润泽，那么她就不可能那样鲜亮、年轻。

因此，不管你多忙，也别忘了跟自然的“私会”，哪怕仅仅几分钟。而这也是很多人的向往。《史记》中记载：一次，孔子的弟子曾蒧说：“穿着刚做好的春装，和五六个朋友、六七个小孩子，在沂河里洗个澡，在祈雨台上吹吹风，唱着歌回来。”孔子听了，赞叹道：“我赞成你的志趣。”连圣人也赞成跟自然亲近的事，这样的事，虽不能给你带来多少财富，却能愉悦、丰盈你的心灵，因为，自然里富含心灵需要的各种营养。

自然，就在我们的身边，我们为什么不去提取其中能滋润心灵的仙露呢？

内心与外物，就应该水火不容

我一直认为，一个人的内心世界跟他取得的成功、成就、业绩、荣誉等应该分开，两者之间应该有个分界线，只有这样，才能让他做一个真正的人。

有个成语叫居功自傲，就是说有的人凭着自己曾经取得的功劳，把自己放在很高的位置上，而且还显得傲慢无比。这样的人，就是把自己的内心和外物纠结在了一起，认为那些功劳跟自己的器官一样，都是构成自己生命的内容。谋将帅才徐达却不是这样的人。当时，他每年春天挂帅出征，暮冬之际还朝。回来后他立即把帅印交还，回到家里过着简朴的生活。按理说，这样一位儿时跟朱元璋一起放过牛的至交，且战功赫赫，甚至朱元璋还将自己的次女许配给他，完全可以享享清福了。可是，他没有。当朱元璋把自己的旧宅，即其登基前当吴王时居住的府邸送给他时，他不要。朱元璋请他到旧宅喝酒，将其灌醉，然后蒙上被子，亲自将其抬到床上睡下，而他半夜醒酒，问周围的人自己住在什么地方，内侍说："这是旧宅。"他大吃一惊，连忙跳下床，俯在地上自呼死罪……在他看来，自己是自己，战功是战功，他分得很清。如果他居功自傲，那么好用酷刑的朱元璋绝不会放过他，也不会在他病逝后，为之辍朝，并称之为"开国第一功臣"。

可见，很多的外物有剧毒，一不小心混入体内，有伤人乃至夺走生命之险。要想安然无恙，还是要跟外物划清界限。纪晓岚在《阅微草堂笔记》中讲过这样一则故事。在他的村里，有个叫丁一士的人，他矫健多力，行动敏捷，加上他练就了一身武艺和轻功，两三丈高的建筑物，可以纵身而上，两三丈宽的距离，可以翩然跃过。后来，他路过杜林镇，遇见了一位朋友。朋友便请他到桥边一家酒店饮酒。两人饮到有几分酒意，便一齐到河边观看风景。这位朋友说："你能跃过河到对岸去吗？"他应声便跳了过去。朋友向他招手，示意他回来。他又飞身跳了过来。但是，没想到长期被河水冲刷的河岸早有裂纹，他误踏其上，河岸顿时崩塌二尺多宽，他随之跌进河里，顺流而去。而他不识水性，虽然能在波涛中向上跃起几尺高，可又不能跃近河岸。这样反复地跃起又落下三四次之后，他终于筋疲力尽，沉溺于波涛之中。对此，纪晓岚总结道："盖天下之患，莫大于有所恃。恃财者终以财败，恃势者终以势败，恃智者终以智败，恃力者终以力败。有所恃，则敢于蹈险故也。"说得太好了。事实就是这样。

俗话说："真人不露面，露面非真人。"是啊，为什么非得让人知道你的本事、能耐、家底？要知道，这是炫耀，是显摆，是逞能，是狂傲，甚至是不可一世、不可理喻。树大本来就招风，出头鸟最先要挨打，这是现实，你这不是自找麻烦吗？再说了，小庙盛不下大佛，这一折腾，岂不展示出了自己的轻浮吗？所以，人还是要谦卑些好，地低成海，人低成王。这才是真人风范。

而每一个谦卑者都懂得这样的泾渭分明：内心是内心，外物是外物，两者混淆不得，就是说，他们也没有拿那些与自己有关的外物来往自己脸上贴金，去炒作自己。所以泰戈尔说：“当我们大为谦卑的时候，就是我们最近于伟大的时候。”而要做到这样，就必须有强大的根基，正所谓根深才叶茂。南宋诗人周紫芝讲过这样一个故事：李氏家族中有这样一个人为官特别廉洁，有一天，他正在就着烛光办理公务，突然接到一封家信，于是灭掉公家的蜡烛，点起了自家的蜡烛看信。这正如苏轼所言：“苟非吾之所有，虽一毫而莫取。”可见，要想做到公私、内外分明，就必须做到心里没有私心杂念。换言之，就是心地澄明。

作家马尔克斯给世人做了一个榜样。在他出名后，老家的地方官想以他的名字命名该镇，可是他拒绝了。因为他知道，真正的增高器不是这些荣誉，而是更加努力地写作。是的，所有的外物，充其量是对你的一种肯定或说明，不能代替你的努力、追求和信仰……所以说，一个人的内心与他的外物，就应该这样的水火不容。

懒惰是心灵的毒药

懒人明天多。

懒惰者往往把该做的事情或该承担的责任，一再地往后拖，他们经常说："明天再说吧。"可是，到了明天，他们依然会说："明天再说吧。"就这样，很多个明天过去了，可是，该做的事情或该承担的责任，依然八字没一撇。

该做的不做或敷衍了事，是懒惰者突出的表现。但是，这并不意味着他们没有美好的愿望、理想，而这只是他们的空想而已。因为，他们不想付出劳动，不想流汗，不想拼搏，不想钻研，不想克服困难……一言以蔽之，他们没有付出行动，只是一味地在那里等，空耗着。也许有些人付出些许，但刚刚动手马上就收手了。就这样，他们的懒惰开始生根发芽，直至结出了果实——失望、不快、失败甚至包括一些不好的念头、阴谋、邪恶的计划等。这果实是名副其实的恶果。所以，伯顿说：

“懒惰是万恶之源。”

一个人再懒惰，在名义上他也还是一个人。那好，我们就来看这个“人”字，显然，它是站着的，这就告诉我们：人啊，就应该站好，虽然人间充满风雨、苦难、诱惑，但是这不是我们倒下的理由。懒惰者，因其懒惰，站不正，久了，也就倒下了。而人是直立行走的动物，那些懒惰者一旦倒下了，岂不就成了名副其实的爬行动物了吗？懒惰者，是一身的软骨头，缺少坚强、耐力、信念、奋斗等充满正能量的元素。

而现实永远包括羁绊、险阻，就像时间永远包括黑夜、严寒一样。而懒惰者的存在就像泥菩萨过河一样——自己都保不住了，还能面对现实吗？可是，因为他们不能越过羁绊、险阻的坎，所以，他们也就不能拥有过坎之后的明媚与绚烂，而最为关键的是，他们失去了人之为人的意义。

因此，懒惰者，贫穷的不仅是物质上，更是心灵上。这样的心灵，就像一块玻璃，日子久了，就会蒙上一层厚厚的尘埃，而这尘埃，除了空气中的灰尘之类，还有我们的私心杂念、阴谋诡计之类，所以，需要勤拂拭、勤打扫、勤清理。尘埃，从来都没有休息的时候，所以，我们时时刻刻都不能麻痹大意，否则，就会被不良的念头、想法给俘虏了。富兰克林说，他每一天都跟自己作战。当然，这样的作战肯定不是一朝一夕的，而是要持续一辈子的。这样一来，自己身上的坏东西就会越来越少，直至被“赶尽杀绝”。而懒惰者，是不会这样做的，也许，他们在某个时候，突然心血来潮，做了一会儿，可是，毕竟缺少耐心和毅力，也就马上偃旗息鼓，于是他们又回归到懒惰的大本营里去了。紧接着，那些尘埃，马不停蹄地赶来，迅速地占领并统治了他们的心地。而这一切，都源于懒惰。法国作家拉罗什富科说：“懒惰渗透进生活中一切目标和行为，蚕食和毁灭着激情和美德。”从这个意义上来说，懒惰就是心灵的毒药，那颗本应该充满正能量的心灵被毒死了。

我们知道，勤奋工作会产生疲劳，可是，这样的疲劳会让人感到充实、愉快，而懒惰产生的疲劳，却让人感到烦躁、悔恨或绝望。这就是说，懒惰久了，它的毒性增强，因此它的效果也就更具有杀伤力。越是懒惰的人，所受的伤也就越严重。这也说明：真正伤害、毁灭自己的罪魁祸首，不是别人，而是自己，包括自己的懒惰。

辑三／跟自己比

使自己成为自己

蔡澜说："做人做久了，就成了应声虫、骗子。也就是说，自己变得面目全非，要么变成了别人，要么变成了妖魔鬼怪，反正自己没了。于人于己而言，有百害无一益。"

王选说："我只是一个科学家，即使年轻20岁，也不可能成为企业家和CEO，更不可能成为企业领袖，因为我不懂经营，对财务一窍不通，也不擅长管理，与企业家差距甚远。"使自己成为自己就应该有这样睿智、谦虚的自知之明。如果连自己是什么样的人也不熟悉，那么你肯定不会成为那个最理想的自己。在迷茫中前行，如堕五里雾中，处处"朦胧"，那怎能找到正确的方向？

因此，必须保证足够的清醒。再说，世间诱惑、名利、财富、欲望、阴谋、阳谋等满天飞，这些都可能成为自己跟自己分裂、自己背叛自己的催化剂。因此，要想使自己成为自己就必须选择自己热爱的目标、追求等。因为拿破仑·希尔说：“如果一个人不喜欢他从事的行业，他就不可能取得成功。”“股神”巴菲特的儿子彼得，19岁时做出决定，不进入父亲呼风唤雨的金融界，而选择音乐作为自己的追求。父亲的财富再多、名望再高都与他无关，他陶醉于自己的世界里。后来，他把自己的经历写成了一本书，名字就叫《做你自己》。

活在世上，谁都不能没有目标、追求等，它们就像田地一样，为我们的付出、努力提供平台，让我们的灵魂也有了落脚之所，否则，即使你是英雄也没有用武之地。而你热爱的东西，会更大程度地激发你的热情和潜能，让你更快地进步、成功。这样的自己，才是我们最想要的自己。

可是，我们的目标、追求等常常受到别人的干扰，比如当年的胡适，在他考取官费留学后，其兄让他学习开矿或修铁路，目的是将来帮助家人重兴家业、重整门楣。而他不喜欢这样的专业，但又不好拒绝，于是他采用了一个折中的办法——选择了农学。虽然每门功课都很好，但是最后他还是毅然决然地选择了他至爱的文学和哲学。试想，如果他没有选择自己最爱的专业，他就不可能取得如此巨大的成就。因此，只要是自己喜欢的、热爱的，就要克服重重困难坚持下去；一旦坚持下去，就会有丰硕的果实回报给你。而这果实就充实、丰富了你生命的价值和意义。这样的自己，才是值得追求的自己。如果当初连自己都放弃了，那么自己就会干瘪、枯干，这样的自己充其量只是一个衣服架子。

还有这样的一些人，他们有着错误、不科学的目标、追求等，但是有一天，他们幡然醒悟，痛改前非，重做新人。比如乔达摩·悉达多，他曾经夜夜笙歌，从来不知什么是苦，什么是生老病死，其人生就是忙着享受。可是有一天，他决定要告别这样的生活，于是走到菩提树下思索一切苦难的缘起，启迪了世人，后世称他为佛。如果当初他执迷不悟，在错误的泥潭里就会越陷越深，直至丢了自己。因此，要想使自己成为自己就要根据自己的实地情况不断地调整自己的目标、追求等，只有这样，我们才能越来越靠近那个最理想的自己。

一般来说，每个人都有两个自己，一个是假的、恶的、丑的，一个是真的、善的、美的。使自己成为自己就是要告别前者、全力全意地接近后者。在这个过程里，肯定会遇到挫折、绝境，只有勇敢面对，才能迎来柳暗花明。罗琳曾经历过巨大的失败——离婚和失去工作，但是她没有被打倒，把精力都用在写作上，最终写出了风靡全球的《哈利·波特》。假设当初她倒下去了，那么她就不会有现在风光的自己。

台湾美学家蒋勋先生说，做自己是一种美。如果说这美是花的话，那么使自己成为自己就是让花绽放的过程——人生原来能够花香满径的。

跟自己比

台湾作家林清玄说："人生的缺憾，最大的就是和别人比较。和高人比较，使我们自卑；和俗人比较，使我们下流；和下人比较，使我们骄傲。外来的比较是我们心灵动荡不能自在的来源，也使得大部分的人都迷失了自我，障蔽自己心灵原有的氤氲馨香。"说得真好。

可是，我们动不动就跟别人比，而且无所不比。比成绩、比结果、比地位、比职称、比权势、比财富等等，不一而足。而结果无非有两种：一种是自己强于别人；一种是自己弱于别人。前者往往使我们变得愉悦、得意，甚至骄傲起来；后者往往使我们变得不快、郁闷，甚至燃起嫉恨之火。也就是说，不管哪种结果，都会让我们变得不平静。最可怕的是，在跟人比较中丢失自己，一个人连自己都没有了，那岂不是形同虚设、如同行尸走肉吗?

范仲淹说："不以物喜，不以己悲。"如果总喜欢跟人比较，这种境界就很难达到。那么，我们到底该怎么做呢？在我看来，如果非要比较的话，那么就跟自己比吧。

桓温年轻时与殷侯齐名，所以常常怀有竞争之心。桓公问殷侯："你与我相比，如何？"殷侯回答说："我和自己打交道已经很久了，宁愿做我。"这是《世说新语》中的一则故事。元代学者黄元瑜用殷侯的答语来命名他的亭子，叫作"我我亭"。看来，古人早已懂得把目光由外在事物转向自己的内心世界，即自我。换言之，从自己身上找"答案"不愧为明智的做法。因此，跟自己比，总算找对"对手"了。

女作家乔叶说："成长是一辈子的事情。"我很赞同这个观点。既然这样，那么每个人在不同时期的表现、行为、思想等就会有差别。去年的你跟今年的你、昨天的你跟今天的你、刚才的你跟现在的你……如果在它们之间用减法，那么结果往往不会是零，要么是负数，要么是正数，也就是说，你可能进步了或倒退了，更加成熟了或更加幼稚了，懂得宽容了或更加狭隘了，宠辱不惊了或更加浮躁了……因此，从这个意义上说，跟自己比是成长中不可或缺的一个环节。

看来，在成长中，我们不能总是前进，有必要时常停下来，想想自己的以前和现在，也就是要把"旧我"和"新我"比一比。如果"新我"名副其实地进步了、升级了，那么就要沿着脚下的路，一如既往地向前，朝更高的制高点出发；如果不是这样，那么就要总结、反省自己，寻找、分析"退步"的原因，目的是把今后的路走好，让自己取得进步和收获。

一个人的"旧我"和"新我"就像一枚硬币的两面。跟自己比，就是它们斗争的一个个过程。真战胜假、善战胜恶、美战胜丑、勤奋战胜懒惰、乐观战胜悲观、希望战胜绝望、高尚战胜猥琐……这应该是我们梦寐以求的结果。高尔基说："最伟大的胜利，就是战胜自己。"

台湾蒋勋先生在一次演讲中提到这样一件事情。有一次，他问一位学植物学的朋友："如果含笑的香味和百合的一样会怎样？"那位朋友告诉他："那它就会被淘汰。因为它东施效颦，没有找到自己存在的理由。"看来，要想有声有色地活在这个世界上，就不能胡乱地、盲目地跟人比较、模仿他人，跟自己比，守住自我才是正道。

别跟自己过不去

一日，跟朋友吃饭。席间，他借着酒力说起了一件不愉快的事。那是多年前的旧事了。他的一位朋友竟然陷害于他。当然，没有造成什么不好的后果，只是让他感到难受和愤懑。就这样，这么多年，这些情绪一直跟随着他。

这么多年了，他还为此耿耿于怀，值得吗？

真不值得。你想想，一方面，这些坏情绪占据了他心灵的“内存”，使他没有足够的空间去容纳好东西了；另一方面，这些情绪像毒蛇一样吞噬着他的身心，使他不得开心颜。

这样说来，他不是跟他的仇人过不去，而是跟自己过不去，时间久了，可能伤害得更深，而当这种情绪发展到一定程度，还会促使他干出令人匪夷所思的事情，比如，去报复人家。而这行为一旦造成不良后果，那么他自己也在劫难逃。

所以，从这个意义上来说，你的敌人，有时候，并不是别人，而是你自己。你放不下你的敌人，不是你跟敌人在战斗，而是你跟自己的狭隘在战斗。

那天，老吴在办公室里闷闷不乐。大家感到奇怪。因为他一向属于乐天派，整天乐呵呵的。

一同事问他，老吴，怎么了？他头也没抬，只淡淡说了一句，跟老婆吵架了。而他的老婆，曾经是我的大学同学。手机上正好有她的手机号。于是，我走出去，给她打了一个电话。我把老吴的情形告诉了她。听后，她竟然大笑不已。还说，这个老吴啊，我都快忘记了，他还放在心上。

现实往往都是这样：当我们难过得要死的时候，而我们的对手却早已心静如水了；当我们想方设法准备算计对方时，对方早已消融了彼此间不快的坚冰

所以，跟对手在心里狠狠地较劲，把自己搞得身心俱疲，甚至还因为情绪波动暴跳如雷，而到头来，连对手的一根毫毛都没有伤着，结果却重重地伤害了自己。

有一次，跟本家的一个弟弟聊天，聊着聊着，他就抱怨起来了，曾经学习成绩差不多的一个同学，如今买了豪华别墅、跑车，而自己还是一个普普通通的公司职员，老天真是不公啊。

生活中，总有这样的一种人，觉得自己跟别人的条件都差不多，结果却大相径庭。而这样的结果，就成为他们抱怨的源头。

而从长远来看，付出的越多，收获的就越多。当然，这里面还有机遇的问题。但是，不管什么问题，都是自己的问题，因为好运只能青睐那些做足准备的人。天上掉馅饼的事，从来都不会发生。所以，要抱怨，只能抱怨自己。而抱怨又能解决什么问题呢？任何问题都解决不

了，只意味着自己跟自己过不去。

所以，跟自己过不去是愚蠢之举。无论发生什么，都必须让自己先过去，而要做到这一点，就必须心平气和地看待自己和自己的处境。因为，自己永远都是根，其他都是枝叶，包括未来和梦想。因此，跟自己过不去，就相当于挖自己的根，要知道，那可是毁灭性的举动啊。

你知道你是谁吗？

前些日子，我们兰陵出了本书叫《兰陵文学作品选》，其中选了我的一些诗。现居美国纽约的兰陵籍作家王鼎钧在他的《〈兰陵文学作品选〉一读》中对我的那首诗《小镇的邮递员》做了较为详尽的评析。鼎公在该文中写道："韩青的诗很出色。小镇的邮递员本是平凡的人，做的也是平凡的事，可是韩青写成作品就不平凡了……"当我第一次读到这些话时，我无比的激动与兴奋。一位文友也看到了这些话，他对我说："兰陵那么多诗人，鼎公唯独对你的诗感兴趣，可见你写诗的水平还是蛮高的。再说，乘着鼎公对你诗歌赏析的东风，抓紧再写一部分诗歌，出本诗集，说不定你就能成大诗人了。"

我听后，一笑置之。我知道自己喜欢写的是散文、随笔，再说，这几年来，我一直读诗，但是很少写诗。就像站在岔路口，我知道哪个方向是我该去的，并且事实早已证明我的选择是正确的。

我也知道，我们身边有不少这样的人：别人说他能做什么，他真的就去做了，结果却令自己大失所望，这就说明——别人的建议不适合他，他应该按照自己的内心想法和自己的实际情况去做自己该做的事。要知道，这个世界上，没有完全相同的两片树叶，自然也就没有两个完全相同的人。因此，别人做什么，那是别人的事情，你能做什么，才是自己的事情，千万不能混淆了这一点，否则，就是步人后尘，走不出属于自己的路。所以，归根结底一句话：一个人一定要知道他是谁，他能做什么。

我最喜欢的好莱坞著名导演山姆·伍德就常常这样启发演员：一定要做你自己，保持自己的特点。可是，当时很多演员都想做二流的拉娜·特纳或三流的克拉克·盖特，于是他告诉他们：这一套观众早都受够了，最安全的做法就是不要装腔作势，还原最本真的自己。如果看电影，你一看都是拉娜·特纳或克拉克·盖特的影子，你不感到厌倦吗？这就像赏花一样，玫瑰是玫瑰，牡丹是牡丹，莲花是莲花……让它们各自保持自己的样子，只有这样，你才能感受到它们不同的个性之美。人也如此。所以，影星索菲亚·罗兰在她的自传中写道："自我从影以来，我就按照自己的想法行事，我谁也不模仿，也从不去奴隶似的跟着时尚走。我有自己的想法，也有自己的判断，我只要求自己我就像我自己。"就是说，她知道自己是谁，所以成就了一个世界级的巨星。

从这个意义上来说，知道自己是谁的人，往往都很自信，而一个不知道自己是谁的人，往往都很轻信。数学上经常出现"同理可证"的情况，而一个不知道自己是谁的人，常常会照搬这个"同理可证"。《笑林广记》中就记载了这样一个笑话。有个父亲告诫他的儿子说："人不管说什么都要把话说得活脱些，不能把话说死。"儿子问如何才能把话说得活脱，正好邻居家来借东西，父亲便以此来教导他："比如这家来借东西，看人打发对待，不可直说有很多，也不可直说没多少；有时说家里有，有时说家里无。这样说便活脱了。”儿子把父亲的话牢记在心。一天，有客人到家问道：“你的父亲在家没有？”儿子回答道：“我不好说多，也不好收少；其实也有在家的，也有不在家的。”要知道，这个世界上，很多事看似“同理”，其实它们并不“同理”，在这种情况下，你还硬往下证明，那么结果就可想而知了。

这就告诉我们：即使看似类似的事情，也要具体分析，不能照搬成形的答案或模式，因为那是上一题或别人的东西，适不适合自己，你要再分析才行，要知道，再类似的事情，其解决方法也可能截然相反。万物间再怎么有联系，也不能排除其特殊性、独特性。只有这样，你才能真正知道自己是谁，并且按照自己的内心活下去。

纪伯伦说：“只有一次把我窘得哑口无言，就是当一个人问我‘你是谁’的时候。”如果有人突然这样问你，你知道你是谁吗？你是不是也会发窘呢？如果能发窘，那就说明，你在思考你是怎样的人，或者，觉得自己做了不该做的事情而脸红……如果不曾发窘，那么你可能就是一个不讲究的人，一个随便的人。

诗人黄芝雨有首诗叫《某一天我会坐在昏暗的酒店内》，诗云：“在某一天，当你看到镜中的自己，才会恍然发现，镜中的人看似有血有肉，却已然变成了一具空壳。”为什么一个活生生的人变成了空壳？我想：这样的人，一定在生活中忘了自己是谁，进而迷失了自己。

原来的我，也是今后的我

一个女同事变化太大了。几年前，无论在什么地方、什么时候见到她，都能感受到她那发自内心的热情、真诚和澄澈。可是，前几天见到她的时候，我无意中看了一下她的脸，竟然从中读出了些许的狰狞，而且那狰狞是从骨子里透出来的那种。在那一瞬间，我仿佛在百花盛开的春天中突然遭遇了暴风雪，心里有说不出的难受和恐惧。

其实，我从很多人的脸上还发现了其他一些不该有的内容，比如冷漠、傲慢、邪恶等，因为，人的面孔，从一定意义上来说，就是人内心世界的一个窗口，即使你极力去掩饰、隐藏，也还是会露出一些蛛丝马迹。

而我一直认为，人就像一池子清水，清澈透明、没有污浊。可是，每每看到那样的表情，我就感觉到那池子清澈透明逃走了，剩下的只是浑浊。而清水变得浑浊一定是有人往池子里抛了脏东西。其实，任何世间事的存在，都不是无缘无故的。所以说，那些灰色的表情一定有它产生的原因。而这原因不外乎：别人的欺骗、生活的重压、不如意的境遇等，这些都会让心灵变得坚硬、冷漠、缺少温度……所以，我们看到了一张张失去了它们本色的面孔。

再说，我们在一天天变得成熟、稳重的过程里，也一天天变得复杂、不可思议，甚至面目全非。昔日的单纯、真诚、童心等都渐行渐远。也许，现实就像一个大染缸，那些美好的本色都被染成了其他的颜色。所以，贾宝玉感慨道："女孩儿未出嫁，是颗无价之宝珠，出了嫁，不知怎么就变出许多的不好的毛病来，虽是颗珠子，却没有光彩宝色，是颗死珠了，再老了，更变的不是珠子，竟是鱼眼睛了。"变化的，不止容颜，还有心灵。在《皇帝的新装》里，那么多的成人都不敢指出皇帝没有穿衣服的事实，只有一个孩子说出了实话。因为孩子没有考虑说了实话会惹上灾祸或利益会遭到损失，他没有想到这些，当然，他也不会想到这些，因为，一颗童心里，有的都是纯粹的美好。而我们这些大人，因为担心说了实话，会遭遇未知的不测，所以，还是选择了明哲保身。

由此可见，我们难以保持最本真的自我，但是，我们必须以一个正常人的姿态生活在这个世界上。诗人顾城说："一个人，生活可以变得好，也可以变得坏；可以活得久，也可以活得不久；可以做一个艺术家，也可以锯木头，没有多大区别。但是有一点，就是他不能面目全非，他不能变成一个鬼，他不能说鬼话、说谎言，他不能在醒来的时候看见自己觉得不堪入目。一个人应该活得是自己并且干净。"因为某种不属于生命的东西而丢失了自己，不值得。当然，也没有必要强装笑颜，取媚于世，那样照样会失去自己。

《圣经》里记载：耶稣对门徒说："我实话告诉你们，除非你们改变，成为小孩子一样，否则不能进入天国。”丰子恺也说：“儿童天真烂漫，人格完整，这才是真正的人。”我们改变吧，让自己变得更单纯、澄澈，让自己的心变成赤子之心。只有这样，我们才不会活得那么苦累，才不会在原本晴朗的脸上、心上投放阴影和乌云。

那么，如何改变自己呢？诗人大解为我们指明了方向。他在《忏悔录》中写道：“让我把虚伪贪婪懦弱愚昧浮躁狂妄等等/所构成的人生败笔一一找出来/让我认错羞愧悔悟/眼泪流往内心洗涤一生的尘埃……而现在我必须回头/把命里的杂质剔出来/用刀子剜出有毒的血肉。”剔除那些来自自私、懦弱、丑陋、仇恨之类的杂质，我们才会像清泉一样地活着，自在、自由、轻松、快乐。

而现实中的我们，就像爱默生所说的那样，“就像一个个醉鬼”。接下来，最要紧的就是——戒掉、远离那些酒精一样的杂质，赶快恢复我们的王子模样。我们每个人时刻都要记住：“原来的我，也是今后的我。”只有这样，属于我们的这个人字，才能稳健、坦然地立在这个世界上。

和自己妥协

我们的追求、事业或生活在自己全力拼搏下仍然遇到了一定阻力或不尽人意的结果，每每这时，我们就要坦然地承认、接受这样的现实。即使我们不去承认、接受它，它也仍然存在。如果一直不去承认、接受它，那么我们可能还会失去更多的好机遇、好起点。而到最后我们还是要承认、接受它——我们要和自己妥协。

学者周国平说：“我们不妨去追求最好——最好的生活、最好的职业、最好的婚姻、最好的友谊，等等，但是，能否得到最好，取决于许多的因素，不是光靠努力就能成功的。因此，如果我们尽了力，结果得到的不是最好，而是次好，次次好，我们也应该坦然地接受。人生原本就是有缺憾的，在人生中需要妥协。不肯妥协，和自己过不去，其实是一种痴愚，是对人生的无知。”

不管发生了什么，我们的生活都得要继续。因此，自己和自己必须妥协，否则，那些没有如期实现的目标，其中任何一个也都会终结我们的生活。要知道，在这个世界上，意外随时随地都会发生。比如，原以为某一次的旅行会很愉快，没想到，途中却遇到了暴雨，只好跟美景失之交臂；原以为你和某某人的友情会很长久，没想到，不到几年，彼此就形同陌路；原以为你的努力会得到很好的回报，没想到，忙活了一阵子却只是竹篮打水——一场空；原以为你的事业会旗开得胜，没想到，刚刚开业就遭遇滑铁卢。这个时候，我们必须和自己妥协，接受这一切。如果在那里一味地生气、抱怨或绝望，那么只能让你的心情雪上加霜。所以说，明智之举就是赶紧面对已经发生的一切，并且相信：这只是一个终点，同时又是一个新起点。史学家司马迁经受了腐刑，毋庸置疑，这是他生命的一个终点，可是，他没有自暴自弃，而是潜心著述，最终写就一部史学巨著《史记》，这的确又是他的一个响当当的起点。如果他不和自己妥协，不接受自己的遭遇，那么他也就不会有如此巨大的成就。

而当意外发生时，明智者和自己妥协，但是，那些鲁莽者却选择了强硬的方式——以针尖对麦芒，而结果往往是两败俱伤。被誉为“俄罗斯文学之父”的俄国诗人普希金就属于这种情况。当年，他跟娜塔丽亚结婚后，发现她只会跳舞、打扮，在上流社会炫耀自己的容颜，却不理解丈夫的生活和心灵，害得普希金失去了宝贵的创作时间，而且背了一身债。普希金都容忍了这一切，可是她接受了一个贵族军官的公开追求，使普希金忍无可忍，与那军官决斗，不幸被害。很明显，他咎由自取。当他发现她不是自己心仪的对象时，他应该果敢地离开她，与她断绝关系，这样一来，他也就不会把命丢在那个军官的手里。说不定，他还会创作出更多的佳作来呢。其实，他应该明白：既然对方的心不属于自己了，何必再去为她赴汤蹈火？可惜，他不懂得和自己妥协。

再说，人生从来都不是一直顺风顺水的，而那些林林总总的意外就潜伏在你的人生之旅的某个路段。所以，一旦被你撞上了，你千万别想着逃避，而是要勇敢地面对，而这就意味着自己要和自己妥协。这样的妥协不是屈服，不是懦弱，不是迎合，而是明智之举。导演张艺谋曾说："谁都要妥协，每天都会有妥协，必须在妥协中求生存，必须在妥协中坚持某一种存在。"可见，和自己妥协就是为了自己更好的生存、发展。著名作家贾平凹在发表第一篇文章之前，收到了100多封退稿信，并且把它们贴在书房的墙上来激励自己，这说明他在收到退稿信的时候，懂得自己和自己妥协，承认、接受那样的现实，进而调整好心态，继续写作，就这样一路走来，终于成为一个大作家。从这个意义上来说，妥协就是为人生的那些"起伏"量身定制的金钥匙，会为你打开一扇扇美好之门。

当然，涉及原则、底线、尊严之类的问题的时候，我们就不能妥协。正如三毛所言："妨碍我心灵自由的时候，绝不妥协。"这就告诉我们：妥协有条件，有讲究。只有这样，我们才能正确区别开何事能妥协，何事不能妥协，进而保证自己的人生方向不偏离轨道，防止不必要的错误发生。

等等自己

1

一日，去一小站买票。而买票的队伍已排起了一条长龙。看来要想轻而易举地买到票是不可能了。那就等吧。于是我不情愿地走过去，站在那长长的尾巴上。足足等了两个多小时才买到了一张第二天的火车票。生活常常不尽人意。如此等待该算是一个小挫折。世间这样的挫折数不胜数。某个人、某件物、某个景、某件事、某个结果、某个机会……它们可能都是我们等待的对象。如果我们没有足够的耐心或者不够镇静、理智，那么就可能与它们失之交臂，造成无法弥补的遗憾、后悔和伤痛。从这个意义上来说，我们一次次等待的不是别人或其他答案，而是自己。

2

一次，给学生讲以“等待”为话题的作文时，我提到田里那青青的麦苗，因为它们就是一片片充满希望的等待。它们不像车那样能够自由提速或加速，它们总要等待，等待长高、等待成熟，等待就像雨水、阳光一样，是它们成长不可或缺的营养和力量。其实我们也是这样的麦苗，不管别人或生活的节奏有多快，总有一些等待不容我们忽略或错过，并且，只有善待这些等待，我们才能有丰硕的收获。

3

哪怕有些等待出乎你的意料或者看似是对时间的一种拖延，也要接受。因为那样的等待，不仅是你要面对的一种现实，甚至还是你的一条出路。

美国行为学家魏特利，有一次，演讲结束之后，就忙着赶往加州。可是，当他抵达机场时，飞机刚起飞。因此，他颓然地坐在候机室里，等待着下一班飞机。

大约一个小时之后，传来一个坏消息：刚才那班飞机，因突然出现故障坠海，机上乘客全数罹难。

生活就是这样，总有一些不顺突如其来。每每这时，你不要抱怨或悲观，请耐心地等待。而每个人都有两个我——一个快我和一个慢我，只有那个慢我战胜了快我，我们才会静下心来等待，只有这样，等待才会像一粒粒花的种子，终会为你绽放出令你惊讶的美丽和芬芳。

4

前几天，我读到这样一则墨西哥寓言。一群人匆匆赶路，突然有一个人停下来。一个同行的人问他停下来的原因，他却说，等一等被落在后面的灵魂。每个人都是灵与肉的统一体。一个真正的人，一个纯粹的人，应该是这两者结合得最理想、最完美的人。可是，总有一些人为了盲目的追求、不可告人的目的……而风雨兼程、行色匆匆。他们的灵魂就可能会被远远地落在后面，导致灵与肉的分离。而这样的存在就是行尸走肉、形同虚设。这样的人，不能再称之为人，充其量只是一个衣服架子。

因此，在人生的路途上，我们要时不时地停下来，等等我们的灵魂。也就是等等我们自己。只有这样，生命才会完整、纯粹，它的价值和意义才会日益增加、丰富。

辑四／美好和美好相遇

最好的教养

在我们县城的新华书店内，有一家新开的咖啡馆。

一个周末，我带着女儿去那里看书。咖啡馆里人还真不少，几乎没有空位了。还好，在咖啡馆的一角，还有两个位子。就这样，我们迫不及待地过去了。

在我们对面，是一对母子，她的儿子跟我的女儿年龄相仿，十一二岁的光景。突然，他小声对他妈妈说：“妈妈，我想吃水果。”他妈妈说：“那好，我这就去给你买。”过了一会儿，他妈妈端着一盘子水果回来了。她的儿子于是就狼吞虎咽地吃了起来，没想到，他的两片嘴唇一动起来，吧唧、吧唧的，动静还不小呢，搅得我们无心看书。

显然，他的妈妈注意到了这一点，于是对他说：“慢点儿吃，声音小点儿。”接着，她抬起头来，看着我女儿，说：“来，一块来吃，这里还有一个叉子。”我女儿有礼貌地拒绝了。又过了一会儿，他们走了。当然，那烦人的吧唧嘴的声音也被带走了。安静真好。

我不经意间转身看了一下身后，竟然又看到了那一对母子，他们正坐在那里边吃边聊天——那里是喝咖啡的专区，离我们这里较远，一般听不到他们的声音。

就在那一瞬间，有种感动从心底腾的一下升起来了。那男孩儿的妈妈真有教养，对，教养。他们离开这里，就是不想让她儿子吧唧嘴的声音影响我们看书。说实话，他们当时要是不走的话，我们肯定走。要知道，在那种情形下，人的口水会不听你的指挥就流出来了，然后再去一次次地咽口水，那就不用看书了，读书的心思全被口水给带走了。

她真是一个有教养的人，用自己的一个小举动为我们诠释了教养的内涵：让人感觉到舒服就是一个人最好的教养。

而那些没有教养的人，往往都忽略别人的感受。日本小说家横光利一在他的《感想与风景》一书中就提到过这样一件事：他乘坐的船正航行在印度洋上，和两个陌生人在甲板上不期而遇，之后他们就挽着胳膊在甲板上散步、聊天，而一个日本人一边猜忌，一边在后面盯梢。虽然小说家没有写出那两个陌生人的感受，但是，在他们的心里一定会非常厌恶那个日本人的跟随。所以，小说家说："所谓岛国劣根性，就是专门惦记着别人要做的事。"你想想，要是你和别人在做一件私事的时候，有个人一直在盯着看，你会舒服吗？肯定不会。这样没有教养的人，从来不会照顾别人内心的感受，即使明明知道某些行为不妥当，他们也还是要去做的，这是他们的卑劣心理使然。

所以，教养这回事，不是你一个人的事，而是你与别人和世界的事。因此，你自己说你有教养，那未必是真的，就像你自己不能把自己拽起来一样。而一个人到底有没有教养，取决于别人的感受——如果他们对他的行为、思想感到舒服进而认可、欣赏、钦佩他，那么他就是一个有教养的人，如果不是这样，即使他腰缠万贯，浑身上下都是名牌，说话彬彬有礼，态度也貌似谦逊有礼，那他也不是一个有教养的人。

这就告诉我们：教养不是外物包装的结果，而是一个人内心的光芒——它照亮、温暖了旁边的人们和世界，至于它多么明亮、温暖，那得靠别人去感受，如果别人感觉舒服了，那就说明他的教养有亮度、温度。

把别人当回事

郁达夫在《回忆鲁迅》中说，有位年轻人，因仰慕鲁迅来到上海，鲁迅收留了他，并为他提供食宿，而他不但心安理得地享用了这一切，甚至还提出要鲁迅为他谋一出路。鲁迅没法子，只好请郁达夫为他去谋一职业，如果实在找不到，那么就请一家书店或报馆在名义上用他做事，而每月的薪水，则由鲁迅自己出，让郁达夫转交书店或报馆，作为月薪来发给他。这样近似无赖的人，鲁迅还是帮助了他，如果因此冷漠他、不理他，那么只能说明自己的狭隘：别人不高尚，也非得让自己变得不高尚吗？可见，一个人一定的品格是正确对待他人的基石。而在这样的品格中，必须要有尊重。

当年，女作家张爱玲在美国柏克莱大学中国研究中心工作，台湾学者陈少聪是她的助手，他们在一个办公室办公，他在外间，她在里间。不久，他发现，她性格上有着严重的自闭成分，刻意躲避着人群。作为她的助理，工作上他要对她有所交代，可是，有好几次他轻轻叩门进去，她便立刻腼腆不安地从座椅上站了起来，眯眼看着他，却又不想看见他，于是他也不自在起来。她不说话，他只好自说自话，情形非常尴尬。了解了她的这种心理，陈少聪便刻意减少和她接触的机会，他尽量识相地按捺住自己，不去骚扰她的清静。除非她主动叫他做什么，否则他绝不进去打扰她。于是，他总是把需要给她的资料卡片整理好，用橡皮筋扣好，隔一段时间，趁她不在时，放在她的办公桌上，把需要说明的事宜写在一张纸条上，也一并放在她的办公桌上，以此种方式来减少和她的接触……不难看出，陈少聪尽量不去打扰她。而这也是一种别样的尊重。这说明他把对方的确当回事了，否则，用不着在乎对方。可是，有时候，尊重采用的方式，不是含蓄委婉，而是一针见血。

毕加索年轻时痴迷于诗歌创作。有一天，他听说诗歌评论家斯泰因夫人将要参加某个家庭聚会，便兴奋地带着自己的诗作前往，想请斯泰因夫人对他的诗歌做出评价。当聚会进行到一半时，他走到她面前，拿出自己认为写得最好的几首诗，请她评价。她接过那几首诗，很快读了一遍，然后对他说："小伙子，你这根本不能叫作诗，不过是一些断句的组合而已，由此看来，你不适合写诗，还是早点选择一个适合你的职业努力吧！"原以为自己最得意的作品能得到她的赞赏，没想到得到的却是她的批评、否定。听到这样的评价，聚会还没结束，他就绝望地回到了住所，面对着自己多年写的诗稿，他整整思考了一夜，最后得出结论：放弃写诗，去寻找一份适合自己的职业重新努力。从此以后，他开始认真学习，并不断思考自己的前途，后来，他发现自己对绘画产生了兴趣，就开始培养这方面的能力，朝着这方面努力。几年后，他在世界画坛横空出世，成为举世闻名的大画家。

事实证明：斯泰因夫人的批评、否定是对的。而这样的批评、否定，往往源于正直的心灵。这样的心灵，能把别人当回事，能为别人着想。如果不是这样，她可以随便说上几句好听的了事。而最终她也没有胡说，这说明：她不是胡来的人，所以，对别人也不胡来。

而即使胡来的人，你如果把他当回事，他也会回心转意。当年，周作人家里有个负责采购的雇工。当时用钱，要把银圆换成铜币，时价是一块银圆换460铜币。很少理财的周作人一次与朋友聊天时偶然谈及此事，坚持认为一块银圆能换300多铜币，并说自家雇工一向就这样对他讲的，朋友笑他受了骗。后来，他回去经过一番调查，发现事情果真如此。于是，一天晚饭后，他把那个雇工唤来，委婉和气地说："因为家道不济，没有许多事做，你还是另谋高就吧。"对方做了亏心事，自然心虚，当即苦苦求饶。他见了，心一软，说："唉，刚才的话就当没说，不要在意，要是想留下就留下吧，以后改掉便是了。"后来，那个雇工彻底改掉了毛病，与周家相处甚洽。可见，有时候，把别人当回事，会让别人反省自己进而改变自己的行为。

"亚圣"孟子说："爱人者，人恒爱之；敬人者，人恒敬之。"把别人当回事，就是这样的爱人、敬人。我们只有这样，才会被人爱、被人敬。苏霍姆林斯基说："只有这样助人，我们的精神才能变得丰富起来。"

与人共享美好

法国思想家卢梭说：“排除他人而独享乐趣，反而会使乐趣化为乌有。只有同人家分享的快乐，才是真正的快乐。”这就好像：你一人品尝山珍海味，其他人在一旁垂涎三尺、望眼欲穿，你好受吗？如果你感觉好受，那么只能说明你的自私、冷漠和品质的低下。其实，只要你内心还有一点儿仁慈、善良，你肯定会与人共享美味。

佛教上有这样一则公案。禅师在院子里种了一棵菊花，第三年的秋天，院子成了菊花园，香味一直传到了山下的村子里。凡是来寺院的人都忍不住赞叹道：“好美的花儿呀。”一天，有人开口，向禅师要几棵花种在自家院里，禅师答应了。他亲自动手挑选开得最鲜艳、枝枝叶叶最粗的几棵，挖出根须送到别人家里。消息很快传开了，前来要花的人接连不断。不多日，院子里的菊花被送得一干二净。没有了菊花，院子里顿时黯然失色。弟子们看到满园的凄凉，说道：“真可惜。这里本该满园清香的，可是现在连一棵花都没有了。”禅师笑着对弟子说：“你想想，这样岂不更好，三年后，一村子菊香。”弟子眼前浮现出一村子菊花盛开的美好景象。禅师说：“我们应该把美好的事与人共享，让每个人都感受到这种幸福，即使自己一无所有了，心里也是幸福的。这时候我们才真正拥有了幸福。”

能让人共享芬芳的禅师，其心里不仅仅有自己，还有众生。就是说，要想与人共享美好，心里就要有别人。一个心里只有自己的人，那叫自私者。《入菩萨行论》中有言：“所有世间乐，悉从利他生；一切世间苦，成由自利成。”可见，一个人的心灵，必须拥有利他的思想，只有这样的心灵，才能容下别人。

我有一个观点：只能容下自己的人，叫小人；既能容下自己，又能容下别人的人，叫君子或大人。其命运也因容量的大小而不同。维也纳著名心理学家亚佛·亚德勒，写过一本叫《人生对你的意识》的书。在那本书中，他说：“不对别人感兴趣的人，他一生中的困难最多，对别人的伤害也最大。所有人类的失败，都出自这种人。”在这个问题上，我一直认为：自私的人，不懂得与人分享，也就无人帮助他，最终自己就变成了形单影只、势单力薄的“孤家寡人”，自己把自己送进了死胡同，最后只能无路可走。《庄子·庚桑楚》中也有类似的观点：“不能容人者无亲，无亲者尽人。”

而要想与人共享美好，就必须自己去创造这样的美好。

当年，高尔基和他的儿子马克西姆一起在意大利的卡普里岛疗养。后来，儿子先回国了，而儿子在院子里新栽的花却留下来了。不久，高尔基给他写了一封信，信中说：“你走了，可是你栽的花却留了下来，在生长着。我望着它们，心里愉快地想，我的好儿子走后在卡普里岛上留下了某种美好的东西——鲜花。要是你在任何时候、任何地方，自己一生留给人们的都只是美好的东西——鲜花、思想、对你的美好回忆——那你的生活将会是轻松和愉快的。那时你会感觉到所有人都需要你，这种感觉会使你成为一个心灵丰富的人。要知道，‘给’永远比‘拿’让人愉快得多。”

不管在什么时候、什么地方，都要留下自己美好的东西，当然，这样的付出，不是为了日后的回报。诗人汪国真说：“如果付出，就是为了有一天索取，那么我将变得多么渺小。”诚如斯言。这样，你所创造的美好就为大家提供了共享的“资源”，同时，你所创造的美好又滋润了你的心灵，从而使之变得更加丰富、高贵。这样的人，会更懂得爱别人。列夫·托尔斯泰说这样的人“才能安静、幸福和高尚”。

著名作家冯骥才说：“人生的重量，只能用‘利他’的秤砣来衡量。”就是说，一个人在这个世界上的价值、意义，主要通过他的道德来量化、评价，而他的道德的核心是利他思想，而与人共享美好，就是这思想绽放的花朵。

亲密有间

我们常常用“亲密无间”来形容两个人关系的好。可是，事实上真的是这样吗？两个人的好，真的能好到没有一丝一毫的距离吗？其实，即使再亲密的人，也还是要保持一点儿距离的。

古人云：“君子之交淡若水，小人之交甘若醴。”这句话告诉我们：君子之间的交往，存在一定距离，而小人之间的交往显得水乳交融，似乎没有什么距离，可是他们真的没有距离吗？其实不然。他们往往貌合神离，貌近神远，而他们如此的表里不一，主要是他们有利益牵连的缘故。如果他们没有利益的牵连，那么他们之间的距离不知有多远。所以说，正常人的交往，哪怕他们的素质再高，也都要时刻记得保持距离。有个成语叫“物极必反”，就可以来形容这种情形——曾经彼此过于亲密，结果后来无比生疏；曾经彼此无话不谈，结果后来形同陌路；曾经彼此形影不离，结果后来杳无音信……所以，两个人，不管父子、夫妻、朋友、同事等，不如一开始就保持一定的距离，省得以后惹烦恼。

德国哲学家叔本华讲过这样一个经典的寓言故事。在冷风瑟瑟的冬日里，有两只困倦的刺猬想要相拥取暖休息。但无奈的是双方的身上都有刺，这让双方无论怎么调整睡姿也睡得不安稳。于是，它们就分开了一定的距离，但又冷得受不了，于是又凑到了一起。几经反复的折腾，它们终于通过自己的努力找到了一个合适的距离，既能互相取暖，又不至于刺到对方，于是舒服地睡了。

这个故事告诉我们：与人交往，一定要保持适当的距离。两个人，如果距离太远，那么关系就会变得疏远，相反，如果距离太近，那么关系也未必就会变得更加亲近。因为，两个人距离太近，就会使彼此容易发现对方的缺点，这样一来，彼此在对方心目中的完美形象就会因此打折，甚至会因此轻视对方，进而使关系恶化。而事实上，人无完人，金无足赤。每个人都有一定的缺点，正如这个世界上没有绝对纯粹的玉一样，可是，有些人只看到了玉上的瑕，进而否定那玉。因此，从这个意义上来说，是过于亲近的距离破坏了那些美好的关系。

一些俗语也说明这一点，比如“亲戚远来香，邻居高筑墙”“不怕千里远，只怕隔层板”“三年见一见，杀鸡又下面；一日见三见，口水喷上面”，等等。可是，在常人看来，往往越亲密越好，而事实却否定了这一点。物以稀为贵。人也是这样。两个人长时间缱绻纠缠在一起，容易产生腻烦的心理。正所谓：熟悉带来轻蔑。

我记得一个老学者对他的家人曾这样说过：“我住在阳明山上，一周回来一次，这样，当我走了后，你们也不会过于悲伤。”一些距离、间隔，能帮我们疏远、忽略跟痛苦和悲伤的关系。生活中，就有一些这样的例子，他们之间的夫妻关系特别好，一半离开了，另一半也就跟着去了，即使能“幸存”下来的，也常常含泪度日，过着生不如死的生活。

所以，还是亲密有间好。当然，这并不排除一些瞬间的、无间的亲密，但是，从长远来看，无间只是暂时的，有间才是长久的。歌手姜育恒早就唱过：“平平淡淡才是真。”亲密有间，是“君子之交淡如水”的另一种表达。也只有这样，才能保持彼此的君子品格。

美好和美好相遇

一个周末，我在书店看书，坐在店内靠南墙的一张条椅上。阳光透过落地窗的玻璃照在我的身上，暖暖的，很惬意。遇到妙语、典故之类，我都会记在随身携带的袖珍笔记本上——用左手逮着书，放在左腿上，而右腿上放着笔记本，右手执笔。虽然很麻烦，但我不厌其烦。

不经意中，抬头发现，店内新放置了两张书桌和几把椅子。如果我坐在那椅子上，然后，再在那桌子上抄书，那该有多方便啊。怨我发现晚了。

突然，一个声音飘过来：“老师，这边的这个位子您坐吧。”我循声望去，原来，坐在书桌旁的一个年轻女孩儿在喊我。我分明听见她喊我老师。她是我的学生吗？仔细一看，没有教过她。她肯定早已发现我看书、抄书的不便，所以，在她离开这里时，让我坐她刚刚坐过的位子。

一阵感动似闪电，迅速在体内传播开来。我走过去。我说：“谢谢你。”“不客气。”说完，她走了。

多么美好的一颗心灵啊！能和这样的美好心灵相遇是一件多么美好的事情啊！这样的相遇会随时发生吗？我在想，如果我没有在看书，或者坐在那里玩手机、聊天等等，她还会把座位让给我吗？不会的。一定不会的。

一定是因为，我在投入地看书、抄书，在她看来，是一件美好的事情吧。原来，我有别人认为的美好啊。这不是美好和美好相遇吗？

我去店内里面的书架找书，竟然又遇到了那位女孩儿。原来，她没有走啊……她像一朵清新的花，亭亭地开在书架的一边，正专心地看书呢……

这样的际遇，似曾相识——对，几年前，我就经历过这样的一次际遇。当时，我在外地办完事后，就匆忙赶到车站，准备返回，可是，到了售票口买票时，才发现，钱包早已不翼而飞了。就在我发窘的时候，一个中年男子的声音在我身后响起来了：“是不是没有钱买票了？”我答道：“是的，钱包不知什么时候丢了。”

“用我的钱买票吧。”他说。“那好，当我回家后，我再还你钱。”就这样，我用了他的85块钱，买了回家的票。真没有想到，我们居然没有一丝一毫的陌生感，仿佛是相识多年的好朋友。啊，世上竟然有这样的好人，在你遇到困难的时候，他翩然而至。那时，我的心早已被感动占据了。

临别时，我记下了他的手机号。到家后，我以给他充话费的形式，把钱还给了他。他知道后，却说：“就那么点儿钱，等于帮了朋友一个小忙，微不足道的。”

最后，我问他：“我们素昧平生，你怎么肯借钱给我呢？”他说：

“我看你是一个好人。”我继续问道：“你怎么看出我是一个好人呢？”他说：“去车站以前，我们是乘坐同一辆车的，在车上，那么多人，只有你主动把座位让给别人，就冲这一点，我断定你是一个好人。”哦，就这么一件不足挂齿的小事，竟然让他捕捉到了并且刻在了心里。

当时，如果我没有让座，那么他就不会把钱借给我。就是说，我身上要是没有一点儿美好的东西，他就不会帮我。我想：这是对的。任何人都会这样做的。谁都不会去帮助一个坏蛋，那岂不是助纣为虐吗？

在这个世界上，要想遇见美好是需要一定的条件的，那就是：你必须具有美好的内容，并且，这个内容跟你的品质、修养有关。如果你劣迹斑斑、无耻下流，那么所有的美好就会避开你，绕道而过，与你失之交臂。

所以，如果在你的世界里缺席美好，那么你就不必怨天尤人。要怨，就怨自己；要尤，就尤自己。要知道，花香自有蝴蝶来。自己美好了，其他的美好就会接踵而至，比如，你勤奋，泥土会拿硕果与你相遇；你执着，机遇会拿成功与你相遇；你善良，老天会拿好运与你相遇……

炫耀是一种病

我认识了一个写故事的朋友。可是，时间不长，我就不想再跟他见面、交流了。此君有个特点越来越明显：每次谈话，他总是滔滔不绝地夸耀自己，并且在他眼里，没有谁能够超过他在某个方面的能力。给人的感觉，自己一枝独秀、前途无量。而事实上，他只是一个普普通通的文学爱好者，仅仅发表了一些豆腐块而已。

可能爱炫耀是人的一个共同的缺点。跟我住在一个单元的一个退休老师，这几天一见面，要么说他刚刚跟当局长的同学喝了酒，要么说谁谁要在某个高档酒店请他吃饭，在他看来，跟那些所谓有身份的人在一起或去一些“名流”场所就是一种荣耀、骄傲。

面对自己的“丰功伟绩”，可能每个人都会有一种喜悦乃至骄傲，也许这是人之常情。可是，有的人却将此深藏不露，觉得没有必要示众，还是自己独自享受一下算了。而有的人却不这样认为，他们觉得应该好好表现一下才对，毕竟那是带有光芒性质的事情——可以让自己在大家面前发一次光，赚足面子，满足一下自己的虚荣心。素质低劣的人，甚至会把这当作高人一等的机会。这彻底暴露了人的劣根性的一面。

阿忆先生在他的《忆闻》一书中提到历史学家翦伯赞的一件事：谈自己的历史著作的时候，声情并茂，意气风发，而谈别人的时候，却哑口无言，不置褒贬。这也告诉我们：一个人是否爱炫耀，与他的知识多寡没有必然联系，很大程度上只决定于他品德的高低。

一个人，只有具备了足够高的品德，才能正确地对待自己，并且友好地与人相处，尤其在自己发迹或成为社会名流的时候。弘一法师说："与人相处，不要炫耀自己，显示自己的才华，否则，嫉妒、诽谤和障碍全来了。"这是很明显的事情。可是，很多人却做不到，而做不到这一点，就说明自己的修为还没有达到一定的高度。

民国时期，中国围棋大师吴清源到了日本。不久，年轻的他运用自己的"新布局"，震动了整个日本棋坛。而日本围棋界至尊——本因坊秀哉，却对他很不服气，于是与之对决。那一场对决持续了四个多月，并且，他一直处在上风，可是，到了后来，秀哉用凶悍的一招在他的势力范围侵占了一大片，最终结算，他输一子，众人悬了四个月的心才放下。虽然赢得很没面子，但总算勉强维持了本因坊的尊严。曾有人问他："当时你已胜算在握，为什么终以负去？"他笑笑说："还是输的好。"

这真是明智的回答，因为他去日本就是去学习的，如果他赢了代表日本围棋界最高权威的秀哉，无疑是让整个日本围棋界很丢人的事，可是他也无法再在日本立足了，自然也就失去了学习的机会了。所以，他选择了输。就是说，他把自己的锋芒收敛了，藏了起来。

一个成语叫“锋芒毕露”。事实早已证明：那锋芒伤害的，最终往往都是自己。《孟子》中就有过这样的记载：盆成括在齐国做官，孟子说：“盆成括要死了。”后来他果然被杀，弟子们于是问道：“老师，您怎么知道他会被杀？”回答说：“他这个人小有才气，但是不懂得君子之道，这就足以招来杀身之祸了。”一言以蔽之，他死于炫耀。

可见，炫耀是一种病，严重者，就是绝症，就是毁灭。所以，做人做事还是要安分守己，摆正自己。自己明明就是一条清浅的小溪，为什么非要自不量力地冒充大海？搞不好，一次或几次澎湃就把自己给搞没了，因为自己就那点儿水量，禁不起瞎折腾。

辑五／开好自己这朵花

两面母爱

从小，母亲就教育我，做人要表里如一，不可表面一套，背后一套。在我的记忆里，母亲也是这样的人。可是，她对我好像不是这样的。

工作后，我曾报名参加了市里的青年教师讲课比赛。当时，我纯粹抱着试一试的态度，没想到居然获得了一个二等奖。听到这个消息后，我的心一下子变成了蜜罐，并且像个孩子似的手舞足蹈。于是我拿起电话，想给母亲一个惊喜。

可是，母亲听说后没有我想象中的表现——惊喜不已，并且狠狠地夸夸我。她在电话那头只是淡淡地说："哦，这有什么可骄傲的？不就得了一个奖吗？"顿时，我感到些许失落，整个人像一个开始泄气的皮球。

可是过了不久，姐姐就打来了电话。还没有等我问，她就迫不及待地开了话匣子："咱妈可高兴了，听说你讲课获奖了，还不停地夸你，夸你可有出息了……"姐姐的一番话，像一阵风儿刮走了我的不快。而在我心里，一个疑惑却挥之不散：为什么不当着我的面夸我？夸我，怕我骄傲？但是，她还是夸了我啊。

这样的事情，后来还发生过几次。

工作之余，我一直坚持写作。经过几年的努力，我的文章发表得多了，房间里到处有我发表文章的杂志、报纸。在我印象里，每当收到样刊、稿费时，母亲从来就没有表现过惊喜。这我并不见怪，因为母亲文化浅，我估计她搞不懂写作到底是怎么一回事。

可是有一天，我刚走到家门口，就听到母亲跟邻居正在堂屋里聊天。"我儿子是作家，你看这些书上都有我儿子写的文章……"我禁不住停下了脚步。当时我完全能够想象得出母亲一脸骄傲和喜悦的表情。我猛地一怔，继而恍然大悟。原来母亲不是不在乎我，不是不爱我，她这样一冷一热，肯定"别有用心"。眼眶一阵湿热，有泪悄然滑落。

我没有继续往前走，而是赶紧退至大门口，让母亲再多骄傲一会儿吧。

前些日子，我应一家杂志社邀请，赴北戴河参加笔会。临行前，母亲除了叮嘱我要注意安全之类的话之外，其他什么也没有说，也不像我，没有任何异常兴奋的表情。

笔会归来后，我把参加笔会的照片都存在电脑里了。我知道母亲肯定不会当着我的面看我的照片。果不其然，母亲真的没看。但我确信，母亲一定会看的。一天，姐姐问我："你的照片存在哪个盘里？咱妈让我给她打开电脑，她要看……"

至此我总结出了一个规律：每当我取得了一定的成绩或特别高兴的时候，母亲总是显得特别镇静，甚至有时还有一些冷淡。我知道，我自己容易骄傲、自满，容易被一些“果实”冲昏头脑。母亲这样做，真是用心良苦啊。想到这里，一颗心瞬间盛满了幸福、感动。

我也曾想捅破这层窗户纸，但思来想去，不忍心。就让那份爱一如既往地继续吧，在我面前依然冷漠如冰，在我背后依然热烈似火。我不再因那冷漠而扫兴。对我来说，最要紧的是，我能够源源不断地提供“燃料”，让母亲把那“火”永远骄傲地燃烧下去，在我背后，在别人面前。

母亲的心，容不下一个担心

儿子在离家400多里外的异乡小城教书，一般只有放寒暑假时他才回家，平时全靠打电话跟在老家的母亲联系。

前些日子，村里一个叫北子的人——儿子儿时的玩伴，不久前到南方某城市出差，他开的轿车被后面的一辆货车瞬间吞没了……

这不幸的消息很快在村里传开了，自然也传到了母亲的耳朵里。她听后，竟吓出了一身冷汗，仿佛出事的是她的儿子。接着，她又不禁长吁短叹起来："唉，这人呀非得把车开那么快干什么？怎么就不看路吗？唉……"过了一会儿，她仿佛恍然大悟似的，很紧张地说道："我得赶紧给儿子打个电话，跟他说说，以后走路啊，要多加小心……"

于是母亲喊来邻居，请他按照儿子事先写在墙上的号码给儿子打了个电话。结果没打通。

这下母亲更着急了。以往什么时候都能打通，这次怎么就打不通了呢？难道儿子……她不敢往下想了。心如热锅上的蚂蚁，乱得很。不可能，绝对不可能，儿子无论做什么事情都很稳当、谨慎，她又在心里不断地安慰自己。

但是手机没打通，这事就像一块石头压在她的心上，因此有一种沉重让她感到窒息。

也不知为什么，那几天她的右眼皮跳得厉害。她心神不安地自言自语道："左福右祸，左福右祸……肯定有不好的事情。"她心乱如麻。

她知道，这样瞎想终究不是办法。于是她决定亲自去看看儿子。可是怎么去呢？以往都是儿子带她来带她去，60多岁的她还没有自己出过一次远门。

"我可以不停地问呀。对，就靠这张老嘴吧。"

虽然400多里不算很远，但是中间要换三次车。母亲就不停地问司机、乘客、路人……与其说她是坐车来的，倒不如说她是问来的、摸索来的。

在母亲看到儿子的那一瞬间，她一路的疲惫、辛苦顿时都烟消云散，取而代之的是满心的喜悦、满眼的泪水。

当母亲把事情的来龙去脉说完后，儿子的泪水夺眶而出，良久无言。其实此刻母亲最高兴的不是听说什么，而是看到自己儿子。连日来的担心终于像一块石头一样落了地。

原来，事情是这样的——

前几天，"粗心"的儿子上街买东西，回来时，手机就"不翼而飞"了，还没有来得及去买……真没想到，没有及时跟母亲联系竟然给母亲的生活掀起了这么大的波澜！而如果母亲不来的话，那么他的生活将依然风平浪静。也许，这就是做母亲和做儿女的区别吧——一边忧心如焚，一边优哉乐哉。

毋庸置疑，天下母亲的心何其广袤，为了儿女能够容下最苦的苦、最累的累、最痛的痛……可是，有时候，母亲的心竟然又变得那么小，小到容不下一个担心；一个担心就把母亲的心扉和生活全部占据。

就为了一个担心，母亲豁出去了，一个人第一次走那么远的路，不怕累，不怕苦，就是为了看到平安、快乐生活着的儿子。

在这个世界上，总有一些人无视你、忽略你、冷落你、遗忘你甚至背叛你、伤害你，而永远始终如一地牵挂你、疼爱你的只有母亲。所以哲人说："世间需要仰视的有两个，一个是太阳，一是个母亲。"这话说得何其恰当。

我的“修路工”父亲

常常想起发生在小学时的那一件事——

当时，学校在邻村。中间有一条小路，可供我们上学走。那小路上有道小沟，把路面一分为二。平时，那沟不妨碍我们走路，可是一到下雨天，那里往往有水流过；要是冬天，还偶尔有冰。常常有小朋友踩到水里或被冰滑倒。

一年冬天，这种厄运冷不防地降在了我的头上。那天，我从上面走时，一不小心，把冰踩破了。我滑进水里去了，棉衣湿了一半，很冷。我匆匆回家。一到家，爸爸问我：“怎么成了这个样子啊？”我把事情的来龙去脉告诉了爸爸。爸爸听后，心疼地说：“赶紧换衣服吧。”

第二天，当我再次经过那道沟时，那沟上面多了两块石板——一座桥出现了。我们都欢呼雀跃，大喊，以后，这路就好走了，再也不怕滑倒了。大家心里都充满感激，但是，不知道这感激该给哪个修路工。

回家后，我把这个好消息告诉了妈妈。妈妈并不惊讶，反而问了我一句：“你知道那桥是谁架的吗？”我摇头。妈妈接着说道：“那桥是你爸为你和小朋友们架的。”哦，原来，那个修路工就是我父亲啊。

当时，觉得父亲特伟大，甚至也曾想过，长大了，一定要成为一名像父亲那样的修路工。可是，在大学毕业后，我当了一名教师，倒是父亲成了一名修路工。

事情是这样的——

一天，市里某单位来我村招几名修路工。父亲报名了。全家人都反对他的这个决定。但父亲很倔强，他决定的事，谁也改变不了。

他说：“出去转转，见见世面，多好呢。”显然，这是借口。在我参加工作之初，我的同事都在县城买了房子，父亲知道后，说：“过几年，咱也买，什么事也不能落后啊。”

可是，就在父亲进城两年后的一天，他感觉身体不适，于是打电话告诉我，我就带他去医院做了个检查，检查结果却是一个晴天霹雳——父亲患上了肺癌，而且到了晚期。当时，我极力掩饰住自己的恐慌和悲伤，可是我的表情没有做到百分百的镇静，最终还是泄露了蛛丝马迹的真相。

父亲没有问我结果，很显然，他猜到了那个可怕的结果。从此，父亲拒绝任何检查、吃药、打针。有时候，给他把药拿来了，他不但不吃，而且还火冒三丈，吼道：“怎么就不听我的话呢？吃药不管用了，管用的话，我就让你们去买了。”其实，我们都看出来了，父亲不想在自己身上花一分钱了。在他看来，花钱是无用的。

就这样，父亲在得知患病的几个月后，永远地离开了我们。送走父亲后的一天，母亲流着泪，把一个包着什么东西的塑料袋递给我。我接过来，但我不解，问母亲：“这是什么？”母亲说：“打开就知道了。”我打开了，啊，怎么是钱？这是谁的钱？我先是一愣，接着就明白了。母亲哽咽着告诉我：“这是你爸爸打工挣的钱，自己吃药都舍不得花，说是帮你买房子用的，谁也不能动它们……”我再也止不住悲恸，眼泪像骤雨滂沱而下。我没有去数，我知道，即使去数也数不清，因为那是无数的，更是无价的。

父亲不仅为我的成长修路，更为我的幸福生活修路……

父亲，若有来生，我们换一换角色，我做修路工，为您修好脚下的每一条路，让您一直平安、快乐地到达您想去的任何地方。

回不到从前的村庄

我的家乡是沂蒙山区的一个小山村，名字叫韩家派庄。20世纪70年代中期，我生于斯，长于斯。而对她有渐渐清晰的记忆，应该是从80年代初开始的，那时我大约六七岁的光景。

我尚记得，那时有生产队——整个村里的村民（那时叫社员）一起干活，一起分收成，一个村就像一个大家庭一样，留给我的是一些温馨、甜美的记忆。尤其记忆深刻的是，二爷、六爷、大伯、三叔……我很乐于喊他们，他们经常夸我，说我是个好孩子，而且也经常逗我玩，有啥好吃的东西都给我留着，在我的记忆里，好像整个村里的人们都是亲戚，感觉都特别亲。

可是，那时有一个人经常呵斥我，他就是我本家的一个老爷爷。

村前，是一片大树林，主要是高高低低的杨树。到了夏天，枝繁叶茂，郁郁葱葱，林荫片片，那里就成了我们这些小朋友们的乐园。我们经常在那里打闹、追逐、捉迷藏，玩累了，就像鸟儿一样，爬上树，找个适合坐的树杈，坐在上面，沐浴着清爽的林风，心里乐开了花。

可是，这种情形一旦被老爷爷看见，我们就得挨一顿呵斥："树那么高，很危险的。快下来！"当时我们根本不理他这一套，他说归说，我们做归做，也根本不把他说的"危险"放在心上。只有他朝这边来，我们才抓紧下来，匆匆跑去，再换一个地方，不被他看见。我们就像鸟儿一样自由，想去哪里就去哪里，不同的是，鸟儿在天上、树上飞，我们在地上、树林里飞。

飞来飞去，我们常常热得满头大汗。于是我们又变成一条条的鱼，跳进树林边的大河里去。记得当时那河又宽又大又清，从上游浩浩汤汤地赶来，途径树林，就像一条宽宽的玉带，飘在村前树林边。不记得我们在河里面洗了多少次澡，也不记得河水到底带走我们多少欢声笑语，只记得自己像鱼儿一样自由自在，只记得河水洗去了身上的汗水、泥巴。那时我们好像一点儿烦恼、不快也没有似的，现在想起来，才明白，我们不是没有烦恼、不快，而是河水都把它们冲走了。

到了晚上，河边又成了露天影院。那时，公社里有一个放映队，一个村一个村地轮流放。一块幕布天还不黑就挂好了，它往往就挂在两棵树之间。只要看到幕布挂好了，我们就成了村里的小喇叭，在村里兴奋地跑着，大声地喊着："今晚放电影了。"这不停的吆喝，整个村庄很快就知道了。然后我们就开始忙着占地方，用小石头排一个圈，这就是为自己和家人提前占好看电影的地方。当大人们吃晚饭来看电影，就不用担心没有地方站或站在最后面了。可是当电影开始放映的时候，往往就困了，趴在妈妈怀里，渐渐地进入了梦乡。因此，现在想来，那时到底看了多少次电影，不知道，至于电影的内容，更是无从知晓了。因为，有的电影，压根儿连名字也没看，自己就被瞌睡虫带走了。

这是晴天时常干的事情。阴雨天来了，我们也不是没事可做。那时我们最爱做的事情莫过于捏小泥人了。记得村西边有个斜坡，一到阴雨天，从那里挖的泥巴不硬不软而又细腻，很适合捏泥巴的。下雨的时候，我们往往就抱着泥巴到村里的牛棚里去玩。说是牛棚，其实是很大很干净的房子，因为生产队负责人专门抽出几个社员看管、照料牲口。他们不嫌我们玩泥巴，有时也帮我们捏几个我们不会捏的动物。我们很高兴，所以，我们就常来这里。捏泥的时候，往往分两伙，比如，我捏一些泥人，你捏一些泥人，捏完之后，我们就开始把泥人当士兵打仗，而且口里都念念有词，模拟着枪炮的声音。这“战争”往往打来打去没有结果，没有所谓的输和赢。

后来，我们上学了，开始疏远生产队、树林、大河、泥巴、牛棚……渐渐地，生产队瓦解成一个个单干户，觉得村里的人好像一天天生疏起来了；树林被砍伐了，好像砍伐的是我们的童年，我们心痛不已；大河被人们不断地填埋而变成了臭水沟、垃圾场，就连青蛙、鸭子、鹅也很少逗留于此；牛棚随着那个时代远去了……我们在不断地长大，而村庄好像在变小。到底小了多少，我说不清楚。

直到2009年4月14日，我清清楚楚地感觉到我的村庄一下子就丢了一半。这是我最难忘最悲恸的一天，无情的病魔过早地夺去了我父亲58岁的生命。看着母亲孤单的身影，看着餐桌空了一个位置，看着一下子空旷了许多的院子，看着那手扶拖拉机郁郁寡欢的样子，看着田里忙碌的身影少了一个……母亲完整的生活少了一半，我完整的老家少了一半，我的村庄少了一半。我真不敢想象，母亲百年后村庄于我意味着什么？而村庄还是那个村庄，变化的只是一些人和事物。

可是与我而言，我的村庄永远地少了一半，我无论如何也回不到从前那个村庄了，而村庄无论如何也回不到我们童年的身边了。莫非，这就是我和村庄不可逃脱的宿命？难道不断地失去才是我们真实的命运？

救救渐行渐远的故乡

回老家后发现，自从我们那个地方被开辟成经济开发区后，就发生了很大的变化：很多公路都修进了村里，仿佛城市的一条条触须；我村东面的岭上，已经矗立着几根烟囱，据说是从大城市被“流放”到这里的，它们常常肆无忌惮地冒着白烟；空气中时不时地飘来农药的味道，据说那是从东面的农药厂里飘来的；还听说，我村东北方向的一个村庄快搬迁了，不久后一个工厂将在那里安营扎寨……

一次，偶然经过川子村。川子村在我村东南面，原来在它的村北头有一片竹林，我们小的时候经常在那里玩，每当黄昏来临时，那些鸟们都来这里，把这里当作它们共同的家。在外面忙活了一天了，见闻多了，回来后，在林子里，叽叽喳喳，争着讲那些见闻，好不热闹。如今，这片竹林只能在记忆中见到了，那些悦耳的鸟叫声也只能在记忆中听到了。

这使我记起了段成式在《酉阳杂俎》中记叙的一件事：济南有个叫房豹的乐陵太守，有人在他的园子里折了根梧桐枝，他当场翻脸，问："何伤吾凤条？"之后，无人再敢折。树被折枝时他替树感到了疼痛，好像自己被人断了手臂一样。说实话，我也有这样感觉。脚下，一条公路从这里经过，那些鸟叫声也被葬在了地下。每当从那里经过时，我仿佛还能听见它们的叫声，只是那叫声里多了一些凄凉罢了。

在村里，我还听说了一件更为可怕的事：几年内，周围的几个自然村都将搬进社区，这里彻底变成一个不折不扣的商业区。我的天呢，那时候，我的家乡将消失不见，我岂不成了一个无家可归的人了？还有，那些花花草草，那些山山水水，那些沟沟壑壑，那些漫山遍野的童年的脚印……我到哪里去找你们？难道发展经济就非得以牺牲自然为代价吗？

当然，谁都不能拒绝发展，但是以牺牲自然为代价的发展，叫人不理解。因为，人毕竟是自然的一部分。自然受伤了，不就意味着自己受伤了吗？

诗人惠特曼曾说："宇宙万物向我汇集，全都是写给我的书信，我要读出其中的含义。"作家范小青读懂了它们的含义，因为她曾在文中呼吁人们为那遭受破坏的湖泊想一想。是的，那水，我们应该从中读出秀；那山，我们应该从中读出青；那路，我们应该从中读出弯曲；那花，我们应该从中读出香；那草，我们应该从中读出绿……

可是，在我的家乡，它们的含义被一些人给忽略了。其实他们不知道，如果没有清澈的瓦尔登湖，何来梭罗的名著问世？如果没有那些繁茂的花花草草，何来李时珍的《本草纲目》？……郁达夫也说过这样的话："无论是一篇小说、一首诗，或一张画，里面多少含有自然的分子在那里。"其实，人世间的很多美好都源自自然。比如，《诗经》里有这样的佳句："蒹葭苍苍，白露为霜。"如果没有丰茂的蒹葭，如此充满诗情的画面就无从寄托，甚至连那白霜也只能流离失所、四处漂泊了。自然遭到了破坏，人世间的很多美好将会变得无影无踪。

在离乡的日子里，我常梦见自己的家乡，仿佛听到那些山水对我说："以后，别叫我自然了，因为我被'毁容'了，所以，我不再'自然'。"而当自然不再自然，即使坐拥繁华，心灵也会变得一贫如洗。我知道，外在的发达，永远不代表心灵的富足；人再富有，依然割舍不下的还是那个老家。

今后，如果想家了，或想到乡下住一住，或像德富芦花那样到乡下做一个"美的农民"，那么还有地方可去吗？故乡，或许不再，或许早已遍体鳞伤……

救救渐行渐远的故乡吧……

开好自己这朵花

我的家乡韩家派庄，是一个偏僻的小山村。我是村里第四个考上大学的。20世纪90年代中期，大学都还没有扩招，能考上大学的，在村里就成了大家羡慕的对象。当然，这也是我的梦想，从小，父母就告诉我，要好好学习，考个好大学，将来就不用面朝黄土背朝天地干农活了，就翻身成了城里人。我就是在这样的引导下，实现了这个梦想。这个梦想实现后，村庄沸腾了好长一段时间，在那段时间里，“韩洪吉的儿子考上大学了。”“韩洪吉的儿子真争气。”等等，诸如此类的话随处都能听到。而且，很多人，包括村支书都送来了钱，表示祝贺。

从那时候起，我知道了——一个人一旦要是取得了一定的成绩，就会被人羡慕、祝贺、重视，而且，一个人的成长与亲人、乡邻、村庄密不可分。我的一点儿喜气被他们一分享，就成了大家的喜气。

大学毕业后，我成了一名教师。我很喜欢这个工作。认真备课、上课、批改作业……工作之余，我就坚持读书、写作。说实话，成为一个作家，才是我真正的梦想。因为，这个时候，我有了自己的判断和分析。以前的理想，比较模糊，它其实只是一种对未来美好的向往。现在，清晰了，自己知道自己喜欢什么。

当我的文字，像一株株小草一样，在不同的报纸杂志上显现着自己的那一点儿绿，我的心甜如蜜。在写作中，很多编辑热心来找我约稿，有的找我写专栏，在读者中产生很大影响的《思维与智慧》杂志还邀请我参加过北戴河笔会，等等，这一切都是对我的鼓励、督促，也加快了我梦想的实现速度。同时，这也让我认识到，自己的进步离不开这片热土上的好心人。

目前，最让我开心的是，我的十几篇文章被全国很多地方当作语文考试阅读材料。我的同事、朋友曾多次对我说，你的文章开始影响别人了，把你心中的美好情感和思想传播出去了，这是一件好事。他们这样一说，我竟然有了一种责任在肩的感觉。

当一个作家，不能仅仅为了表达自己的喜怒哀乐，关键要传播正能量啊。当然，我还不是一个作家，充其量就是一个写手而已。即便如此，我也要以一个作家的身份要求自己，实现自己的价值和意义。

人们常常谈论中国梦，而中国梦就是民族复兴之梦。这不是哪个人、哪个民族的梦，而是我们大家共同的梦。我们每个人该做些什么呢？其实，每个人只要做好自己，这本身就是一种贡献。而我想用自己的文字，做砖做瓦，为自己的祖国献出仅有的一点儿心意。而这，是必需的，因为没有祖国的繁荣，哪有自己的生机？如果到处黑暗、战争，你哪还有闲情去写作呢？再说，在我的成长中，那么多人关心过我，我有什么理由不去做好自己呢？

祖国是个花园，而我们每个人都是其中的一朵朵花，把自己的那朵开好，献出自己的那份美和馨香，整个花园因你而变得更美、更香。这何尝不是一种回报和感恩呢？

星　光

今夜，凉风习习，我突然想在村里转转，看看夜幕下村庄的模样。那满天的繁星仿佛看透了我的心思，都提着小灯笼为我带路。

由于常年在外，家乡的街巷早已变得陌生，漫步其间，我好像成了一个外乡人。但是，有一个地方早已成为我刻骨铭心的记忆，那就是村西的小湖。如今那里早已盖起了一排整齐的瓦房。而在二十多年前，它差点儿夺走我的小命，幸亏遇到了驼背奶奶，否则，此刻我就没有机会在这繁星满天的夏夜回忆往事了。

那是一个酷热夏日的正午，8岁的我恰好经过湖边。正值夏季，雨水多，因此湖水总是满满的，湖面几乎与地面持平。

我当时正热得满头大汗，于是想在湖边洗把脸，但是，湖岸早已被水浸透，极易塌陷，就在我刚刚往下蹲的时候，险情发生了——我一下子滑进湖里去了。

我是如此的不幸，却又如此的幸运。住在距湖边不远的驼背奶奶正在大门口翻晒柴草。是她，及时地把我从湖水中抱了出来。

如果当时没有驼背奶奶的及时救助，那湖水就会使劲地灌我，直到把我灌饱，最后才会把我托出水面；如果当时没有驼背奶奶的及时救助，我就不会拥有这二十多年的美好光阴和对美好未来的憧憬和跋涉。

想到这里，泪水早已挂满我的双颊……

驼背奶奶啊，您就是我的再生父母。是您把我从死神手里救出来的。您的大恩，我永世不会忘记，也永世不能回报——您已辞世多年，每次回家，只能到您坟前磕几个响头，聊寄哀思。

此刻，一颗流星滑过苍穹，留下了一道绚烂的光。驼背奶奶不就是一颗星吗？但她不是流星，而是一颗恒星，她的星光，为我铺就了一条新生之路，因此，她的光辉形象永远在我心空熠熠闪烁。

生活中，总有这样或那样的“黑暗”把我们层层包围，可是，也总有一些星光帮我们把“黑暗”驱散，帮我们走出了一个个困境。

这样的星光常常就在我们的身边不停地闪耀着。

有一次，著名导演冯小刚曾联系自己的成长经历说：“在我的每个环节、每个时期都有一些有力量的人，托了我一把。”实际上，我们每个人的成长不都是这样吗？迷途中的醒悟、困境中的脱险、学业上的进步、工作上的成绩、创业的成功……总有一些人在帮助自己，总有一些星光在“照耀”自己。

其实，每个人都是一颗星，不管是流星还是恒星，都有自己的光。

驼背奶奶把她的一些星光传递给了我，让我在人生最黑暗的时候又拥有了生命的方向。

今生，我一定要像驼背奶奶那样，也把自己的星光传递给别人，让他或他们的黑夜因为有我的星光照耀，变得明亮无比……这是星光的传递，也是人间真情的接力。

这人间因为有你我星光的照耀，那些黑夜都变得不再那么可怕、冷漠……

你不是一个小偷

当年，“汪国真热”正一浪高过一浪，而我也是其中的一名弄潮儿。他的诗集《年轻的思绪》，我全都背下来了。无论电台上朗诵的，还是报纸上刊登的，只要是汪国真的，我都要先抄下来、再背下来。我彻头彻尾地成了他的一名“铁粉”。

那时，我正念初三。

有一次中午，我没有回家。吃完母亲给我带的“干粮”后，我就在校园里四处转悠。当我转到办公室门前时，发现那门没有锁，我的心就像一条小河突然遇到了大海，一下子兴奋、开阔了起来。因为，我是班长兼团支书，上午班主任程老师找我来了解班里情况时，我发现办公室里有个大大的书架子，上面有很多的报纸和书籍。我想：那上面一定会有汪国真的诗。我迅速地看了看四周，没别人，于是我若无其事地走进去了。

还真被我猜到了，其中的一份语文报上，就有三首汪国真的诗。于是，我就像一个饥饿的人一下子扑在面包上一样，如饥似渴地读了起来。可是，这毕竟是办公室，不是我逗留的地方，况且当时又没有老师在，那怎么办？还是走吧，要是被校长、老师发现了，自己岂不被视作小偷？可是，空着手走，又不甘心。那到底怎么办呢？就在那一瞬间，我做了一个连我自己都感到诧异的决定——把报纸带走。如果被老师遇见，就说自己想看报纸，看完之后再送回来。我把那报纸折叠了几下，塞进裤兜里，若无其事地走了出来。

到了班里，还是不能看，要是被同学看见，问我报纸从哪里来，我还是不好回答，所以，算了，干脆别看了，带回家再看吧。

回家后，我疯了似的读了起来。那上面，不仅有汪国真的诗，还有很多很多的美文，我都抄了下来，而且还背诵了其中我最喜欢的内容。

第二天去上学时，我心里还是犯了嘀咕，到底该不该把报纸带回学校——完璧归赵？可是，紧接着，心里冒出的第一个念头，就是别还了。我记得一个成语叫凿壁偷光，讲的是匡衡从邻居家的墙壁上凿了一个小孔，让邻居家的灯光照过来，然后就可以借着那光读书了。我们的偷不都是为了学习吗？这样的偷，跟品质没有关系。我为自己的这番联想和解释感到高兴。

到校后，一切还跟昨天一样，我的事没有露出一丝一毫的破绽。

那份报纸是周报，一周来一次。所以，每周的一个中午，我都会去一次办公室。后来程老师说我作文比以前写得好多了。这应该归功于那些报纸，而程老师不会知道这个原因吧。这更坚定了我如期去“取”报纸的信心。

可是，三个月之后，校长找我谈话。我想：这下可完了，他肯定知道我经常去“取”报纸的事。我不敢低着头，怕被校长发现我做贼心虚的样子，所以，我硬是昂首挺胸地进去了，其实脑子里一片空白。

校长说："我们学校订了两份关于语文的报纸，可是，每次，只有一期，另一期就不翼而飞了。有同学举报你去办公室偷报纸。"

真巧，程老师这时出现在门口，他真是我的大救星，也是一场及时雨，浇灌了我那万分干裂的心田。他说道："事情不是这样的。校长，您听我说。韩青跟我说过，他想看那份关于语文的报纸，我让他拿的。这事，我忘了跟您说。"

接着，校长把脸转向我，并且问道："是这样的吗？"

我支支吾吾地答道："是……我……跟程老师……说过……这事。"

我平生第一次撒起谎来，我什么时候跟程老师说过这事？而为人正直的程老师肯定是为了照顾我的面子也说了谎话。那时那刻，我的心里真像打碎了一个五味瓶，什么滋味都有。

"他可能忘记还了。"程老师又说道。

"对。我光想着看，忘了还。报纸都在，一张也没有丢。"

就这样，在没有任何排练的情况下，程老师跟我演了这样"一场戏"。谢谢程老师为我解围。之后，我找到程老师，红着脸，说道："程老师，我错了，我不该偷报纸，可是，我家里又没有钱订，所以……"程老师却笑着说："孔乙已说得对。'窃书不能算偷……读书人的事，能算偷吗？'好了，这事就过去了，别放在心上。以后，你想要看什么书报，跟我说一声，我给你买或借。记住：你不是小偷。老师相信你。"之后，我把报纸都还回去了。班主任也没有在班里讲这事。

我知道，这是程老师对我莫大的宽容：他没有把我看成一个小偷，并且，在我的这个行为和爱好之间，他忽略前者，力挺后者。今天我能成为一个写作者，跟他对我的宽容和信任有着密不可分的关系。

可是，当我想起程老师对我的宽容时，总感觉到那宽容好像也是我偷来的，在我面对自己的那些龌龊行为时，总是感觉到不那么自在，并且这种感觉把我带到愧疚、自责的深渊。可是，对程老师来说，他却真的宽容了我，就像大海接纳了那些不干净的水流，也相信我不是一个品质有瑕疵的人。可是，我真的无法原谅自己，任我怎么后悔，也不能阻止“那段历史”的发生，而我唯一能做的，就是再也不做这样的事，否则，就是对程老师那宽容之心的亵渎。

时至今日，我一直铭记着程老师的宽容和信任，并且，把这样的宽容和信任也给了像我当年犯类似错误的孩子们。

花香满径

1

一天，去超市买东西。当我提着包走到门口时，从我身后传来一个声音：“同志，您少拿了一样东西。”是那个收银员追过来了。哦，刚才走得匆忙，漏拿那瓶洗发水了。

很多时候，由于种种原因，我们难免会丢三落四，可是，幸运的是，一些人用他们的善良修补了我们的缺口，使那些原本能够完整或完美的事情得以复原。

2

一次，上楼，我两手都提着很多很重的东西，四岁的儿子非得让我抱着，正在我为难之际，一个民工模样的大哥过来了，说：“我抱着孩子。”就这样，他帮我解决了一个难题。

当我们由于某些条件所限，自己无力解决所遇到的难题时，正是他人的善良，给了这些难题以答案。

3

有一回，在路上低头走着，突然地，我被一个人推到了路边。原来，在我的后面，有一辆轿车正朝我驰来，我没有感觉到，而那个行人看见后就迅速地推了我一把。

善良就是这样，它没有大小之分。即使是这样一个推的小动作，可能就是另外一个人的绝处逢生。

4

前几天，同事贾老师的手机丢了。家里、学校里，找了个遍，都没有找到。后来，一个开出租三轮的大姐捡到了，当时她不知是谁的，于是打开手机，找到电话簿，看到“老公”的号码，一打，果然是失主的爱人，然后她把手机送到了同事爱人的单位。

善良是一张地图，所有的迷失、丢失，只要遇到了它，几乎都能找到归途，找到自己的“家”。

5

那天走在路上，看见前面一个小伙子突然摔倒了，迅速爬起来之后，他又弯下腰，捡起那块害他滑倒的西瓜皮，然后把它扔进前面的垃圾箱。

如果他不捡起那块西瓜皮，肯定还会制造不少伤害。

前进的路上，总有这样或那样的绊脚石，有些人被它们绊倒后，爬起来，果断地把它们搬走了。因此，有时我们走得那么顺畅、安全，是因为别人的善良提前为我们清除了隐患。

6

一次，跟一位朋友去田间游玩，在一棵树下，朋友很专注地坐在那里，静静地看着地面，当我走到他身边时，他大叫了一声："别踩了它们！"它们是谁？我纳闷，于是低头细看，原来是一群小蚂蚁，朋友正在用几粒粮食喂它们呢。

如果没有他的阻止，我肯定会把这群小蚂蚁都踩死了。

因为别人的及时提醒和阻拦，世间少了多少伤害和悲剧？

只要是善良开花的地方，那些刺人的荆棘就不会生长。

对方的美，击退自己内心的丑

1

一天，我检查学生的摘抄时，一个学生的书写引起了我的注意和兴趣。每一个字，都写得那么认真、遒劲有力。最后，我竟然不敢给写评语了。我觉得，再好的评语，都抵不上她的认真，再说，我担心我的书写还比不上她的认真，那样不但起不到“评”的作用，反而会煞她的风景。我考虑再三，觉得还是不写为好。

很多时候，我们没有去指责、谩骂、呵斥别人，其原因，不是我们有多高尚，而是对方无懈可击。

2

一天，带孩子去公园玩。我用纸巾给他擦鼻涕，之后，当我正打算把纸巾扔到地上时，发现那地面像镜子一样一尘不染。我突然打消了这个念头。走到垃圾箱边，把那纸巾扔进去了。

好的环境，我们不忍心去破坏它；好的人格，我们不忍心去攻击它。

我们的坏行为还没有发作，一个主要原因就是，对方的“美”击败了自己内心的卑劣。

3

去一个地方，看见一树繁花。我正要去摘时，伸出去的手却突然停住了。那花太好看了，而且还好香，扑面而来，自己被浸润了一身的清香。

有时候，我们的心中装了一些不好的念头、主意和点子，但是当我们面对对手的时候却发现，他（她）的高尚，让我们望而却“手”。

4

同事小于，单身，我们鼓励他去追隔壁办公室的小朱。而他却说：“不行。”“怎么不行呢？你嫌她个子不高吗？160，可以啊。”我说。他说：“不是因为这个。”我急了：“那是因为啥？”他说：“因为，她太好了，不敢去追啊，怕自己配不上她。”

说实话，好人就是一面澄澈的镜子，让我们清楚看到了自己的不足甚至丑陋。但是，也不能因此失去了为人应有的自信和勇敢。

5

那天，我安静地在办公室里写东西，对桌的马老师也在专心地备课。后来，同事小王带着学生来了。她对学生说："说话小声点，别打扰老师。"一阵温暖袭上心头。我想：如果当时我们在聊天或争吵着什么，那么小王就不会对她的学生说那番话。

对别人来说，我们就构成了他们的外在环境的一部分。而我们的言行能够影响他们的德行。所谓"猛虎嗅蔷薇"，说的就是这个意思。

6

一次，跟朋友去外地参加一个聚会。这个朋友喜欢开过头的玩笑，常常使人恼怒。但是，朋友那次却表现得异常安静。回来后，问其故，他说："大家彬彬有礼，我就不好意思开玩笑了。"

生活中，我们尊敬别人，很多时候，是因为别人先尊敬自己。就像我们爱花，是因为花先爱自己——它释放的清香就是明证。就是说，那些外在的清香浸润了我们的灵魂。

给坚持的花浇杯水

1

我的一个女同事，酷爱阅读，经典名著、杂志报纸等等。凡是她喜欢的，她都读，而且，她感兴趣的，还做摘抄、写读后感。

我跟她在一起工作已经有八年之久了，她的这个爱好一直没有中断过。

我曾问她喜欢读书的原因是什么，她引用了曾国藩的一句话回答道，“人之精神不可无所寄”，读书就是我的一个寄托吧。

前些日子，她的散文随笔开始在本市的晚报副刊上发表。还有，前几天，单位里举行演讲比赛，她获得了一个特等奖。

我敢说，这些成绩得归功于她对读书的坚持。

在我们身边，总有这样一些坚持者，他们怀揣着美好的愿望。而坚持对他们来说，就是一些愿望的种子，一旦时机成熟，这些种子就会破土而出，成芽、成花、成果……

2

我朋友的弟弟，在大学毕业后，有好几家公司想要他，他却直奔另一家公司——那是他梦寐以求的圣地。可是，第一次去应聘，结果落聘了；第二次再去应聘，结果还是一样的。但是，他没有放弃，继续去那家公司等待机会。当他第七次来到老总的办公室时，他还没有说一句话，老总就笑着对他说："你明天来上班吧。"

后来，他曾问老总："您为什么录用了我？"老总只说了一句话："因为你的真诚。"

有时候，一些坚持，只是为了表达一种真诚，而"精诚所至，金石为开"。

所以，在坚持的最后，你往往就能看到你的梦想之树上挂着你想要的果实。

3

办公室里有一盆小花，我不知道它的名字，但我知道它需要浇水了——叶子都干枯了，好像用手一碰就会破碎的样子。至少有一个半月没有浇水了吧。我用水杯给它浇了几杯水。说实话，我为它浇水不是为了挽救它，而是对它表示一些愧疚吧——因为把它疏忽、冷落了那么久。

一周后，我惊喜地发现，在小花的一根小枝上竟然透出隐隐约约的绿意，几天后那绿意就蔓延成一小片嫩绿了。小花没有死，在看似无望的境地里，原来它一直在坚持着，也就是说，它从来都没有放弃过求生的愿望。

这些美好的、令人充满敬意的坚持——一粒粒愿望的种子，只要给它一些水，哪怕是几杯子，就等于给了它整个春天。这个世界上，很多事情没有“结出”想要的果实，最主要的一个原因就是他们（它们）坚持得还不够。

辑六／本色是最好的景色

越简单越高贵

梭罗在瓦尔登湖畔生活了两年多，他用亲身经历告诉世人：一个人凭着自己的双手就能满足自己的生活。也就是说，一个人完全可以简单地活着。苏格拉底说："我们需要的越少，就越近似神。"因此，从这个意义上说，简单就是我们要追求的"精神国度"。

生活中，我们喜欢跟小孩儿玩，因为他们简单；我们愿意跟品德高尚的人交往，因为他们简单；我们留恋大自然的怀抱，因为它简单；我们热爱一切美的东西，因为它们简单……可见，简单蕴含着真善美的内容。

而怎样才能让自己活得简单呢？

用自己的双手换来的果实，该拿；不属于自己的，就不拿。可是，世间有多少人贪得无厌，把欲望推向极限。该拿的拿了，不该拿的也拿了，而且越来越拿得理所当然，拿得理直气壮，拿得天经地义，拿得厚颜无耻，拿得无休无止……原本平静温馨的生活，因为不停地拿，起了波澜，进而惊涛骇浪完全打乱了生活，甚至他们也因此被淹没其中。一句话，欲望，处理得恰当，就是希望；处理得不好，就是失望，甚至是不可挽救的绝望。因此，要想生活简单，欲望就要减少或者没有，就像你想让庄稼长得好就必须把杂草除掉一样。

而要控制欲望，就要看淡名利。司马迁说："天下熙熙，皆为利来；天下攘攘，皆为利往。"其实名利无非是一些花花果果，也许会给你一时的光鲜和甘甜，但最终它们不可避免地凋零和腐烂。还是那句话，属于自己的，就拥有，不属于自己的，就放弃。春秋时宋国贤臣乐喜，曾有人给他献玉，他淡然一笑说："我以不贪为宝，你以美玉为宝。如果我接受了你的美玉，那么咱们双方都失去了最宝贵的东西。"因此，只有看淡名花利果，我们才能守住自己的宝，才能控制好自己的欲望。

生活就是这样，只有守住自己想要的，才能过自己想要的生活。换言之，就是要保住自己的底线。而简单的生活就是以它为基础的。要想牢牢巩固好底线，就必须做到荣辱不惊。诗人汪国真说："仰首是春，俯首是秋；月圆是画，月缺是诗。"无论生活中出现了怎样的景色、遭遇、变故，都能够以积极乐观的心态待之。就像范仲淹所说："不以物喜，不以己悲。"香港作家倪匡说得更彻底："顺、逆，都是一个人的意念。"因此，当命运的乌云席卷而来的时候，你不妨亮出心灵的光芒，去驱散无情无义的阴霾。只有做到如此淡定，你才能简单地活着，才能快乐地活着。

而要宠辱不惊，其实就是实实在在地生活着，不去计较太多，尤其是不去计较结果。有一位夫人曾督促罗曼·罗兰抓紧写作，快出成果，他却回答说："一棵树不会太关心它结的果实，它只是在它生命液汁的欢乐流溢中自然生长，而只要它的种子是好的，它的根扎在沃土中，它必将结出好的果实。”他回答得很精彩。身边的世界喧哗嘈杂、灯红酒绿。只有守住自己的心，才不会迷失自我，自己的生活才不会被扰乱。

苏轼说，平淡乃绚烂之极也。照此说法，简单就是经历千锤百炼如此“复杂”后的状态、境界。可见，简单，不是空白，不是粗糙，不是简陋，而是融汇了人生百味的丰富与安静。因此，简单地活着就是快乐而高贵地活着。

真实是生命的根

卡夫卡在他的日记里写道："活在真实里。"可是，在这个世界上，有几人敢说他的所做所说都是真实的？这的确是个问题。而人们不真实，往往是为了欺骗、面子、自己的利益、戏弄别人等等。就是说，不真实的背后往往是某种阴谋或欲望之类的"后花园"，当然，那里都开着"恶之花"，表面看上去五彩缤纷，其内里却龌龊无比。

那些制造谣言的人、那些传播假信息的人、那些言不由衷的人、那些人面兽心的人等等，他们往往都是虚假的代言。他们跟真实有着不可逾越的鸿沟。在他们的世界里，没有真实可言，如果有的话，那也是关于他们丑陋内心的真实。

相反，那些谨言慎行的人、那些真诚不二的人、那些言行一致的人、那些品德高尚的人等等，他们往往都是真实的人。他们跟真实之间几乎没有距离。听好了，我是说，几乎。一个人要想达到跟真实之间没有一丝一毫的距离，那往往很难，难于上青天。因为，每个人都是被上帝咬了一口的苹果，都有自己的缺口——缺点、不足在所难免。因此，他们觉得很真实了，也未必那么绝对，可能，间隔依然存在。但是，一个人能做到这样就很好了，因为，他们毕竟在真实的道路上走了很远很远了。

这也就是说，要做到真实，就必须消除双方的间隔。当间隔缩到最小或没有了，就是真实。在《不能承受的生命之轻》中，弗兰茨肯定地认为："一切谎言的根源来自于私人生活领域与社会生活的分界：私底下是一个人，公众场合又是另一个人。"在他看来，要活在真实里要消除它们之间的间隔。只有这样，我们才能做到或更近的接近真实。

俄国作家屠格涅夫把"准确而有力地再现真实"视为自己"莫大的幸福"。这是一个作家对真实的观点和期待。当然，他做到了，其传世之作《猎人笔记》就是明证——在这部作品里，他所写的内容都是地地道道的俄罗斯的东西，都散发着俄罗斯泥土的芬芳。其实，农民、工人、发明家等等，都应该这样做。如果失去了真实，农民可能种不出庄稼来、工人生产不出合格的产品来、发明家发明不出新的内容来……古人早就警告过我们："失之毫厘，谬以千里。"

无数事实早已证明：一个人的真实程度，往往跟他的品德成正比，就是说，他越真实，他的品德就越高尚。卢梭在他的自传《忏悔录》里，说出了他曾做过的那些丑事。虽然，这样的真实来得晚了些，但毕竟来了。世上有多少人，至死也不曾道出那些为人所不齿的过往？其实，这样的真实，对别人是一种交代，对自己也是一种检讨和解剖。当然，这样的真实需要勇气、胸怀，更需要高尚的品德做根基。而那些敢于如此真实的人，往往是那些醒悟过来后，再也不想背着无形的"重担"生活的人，虽然过时的"交代"已经于事无补，但是，无论如何，这也是一种“补救”。

据说，没有任何瑕疵的玉，往往是假的，真正的玉，往往都有一定的瑕疵。要知道，世上根本就没有什么完美，如果说有什么完美，那么那它百分百是假的或是子虚乌有的东西。做人也是这样。有缺点的人，未必就是坏人，相反，他往往是好人，因为他没有去掩盖自己的不足。那些缺点最多的人，看似完美无瑕，因为他们伪装得最严实。

金庸先生就是这样真实的一个人。《明窗小札1963》是他五十多年前的文字，其中的每一篇文字的内容，都跟当日在《明报》发表时完全相同，没有做任何改动。我们知道他曾对自己的小说反复修改，依我个人理解，那是为了让那些虚构的世界更合情合理，而这本政论文集却是他在真实世界里的“江湖论剑”，不去修改它们，就是为了保持它们的庐山真面目，更是为了保持一个原汁原味的自己。当然，这是大师的做法，也是大师的境界。

由此，我们不难悟出：真实是生命的根，有了这样的根，生命才会开出芬芳的花、结出香甜的果，而一旦失去了它，生命就会开出谎花、结出一些恶果或华而不实的东西。

平凡是生命的黄金

法国小说家左拉说："没有平凡的经历，就不能产生伟大的业绩。"他自己做到了，曾经的处境可谓凡上加凡，可是他毕竟一路写过来了，结果著作等身，像他这样经历"凡境"的作家、诗人还有高尔基、惠特曼、马克·吐温等。提起这些人，你就会发现：他们前期很平凡，可是后来，都成了历史上响当当的人物。

可是，如果没有前期的"山重水复"甚至"山穷水尽"，那么就不会有后来"柳暗花明"的胜景。当年，有一家出版社找到蒋勋，打算为他出书，这是名利双收的好事，可是他的老师却说："固然现在你可以出书，但是凭你现在的研究水平和深度，难以提出自己的观点，所以不可能受读者欢迎，这样以后，还会有出版社找你出书吗？与其现在把精力用在写书上，不如用在研究中。真正地研究深了，出书或不出书，都不影响你在美学领域的一席之地。"听了老师的话，他打消了出书的念头，安心于扎实的研究之中，然而，如果他当初忙着出书，那么他就不会有现在的累累硕果，也就不会享有“美的布道者”的美誉。可见，平凡是基础，是铺垫，是积累和沉淀。

哲学上讲“量变引起质变”，就是说，“量”的“数量”必须达到一定程度。换句话说，当你平凡的事做得足够多了，成功和好运就自然会来找你。正如莎士比亚所说：最低陋的事情往往指向最崇高的目标。

然而，很多人认为，一旦变得非凡了，就觉得自己不再平凡，可以追逐浮华了。这样的人，类似于穷人乍富，接下来就要奢侈一把。其实，最好的做法就是把平凡当作一种习惯。这样，不管你身处何种位置，都会坦然待之。爱因斯坦成名后，比利时国王和王后邀请他去王宫里做客。那天，国王按约定的时间派出宫廷小汽车到火车站接他。当火车到站后，司机到处找他，可是就没有找到，在他心目中，他应该是一个衣冠楚楚、风度翩翩的大科学家，走到哪里，都很容易辨认的。既然火车站都找遍了也没有找到，那么就说明他没有来。回来后，司机立马向国王报告：“教授今天没有来。”可是，半个小时后，爱因斯坦步行到达了王宫，大家一打量：他穿着一件满是灰尘的破雨衣，脚上是一双旧皮鞋。可见，平凡是一种大境界。

明智的人，往往都是这样，即使在成功、名利面前也仍然保持一颗平凡的心。一次，台湾著名作家林清玄被评为出版界年度风云人物，听说这件事后，他却说：“我实在配不上‘风云’这两个字，不过，我愿意做一缕‘和风’和‘柔云’。不要让人们觉得有什么不同，一如人们不在乎风和云的存在。”如今他的文章早已风靡整个华文世界。这样的人完全称得上风云人物，而他却极力回避如此盛誉。

无数事实早已说明：古今中外，那些成功者往往都以平凡来定位自己。这也照应了那句古话“人贵有自知之明”。浩瀚宇宙，就算你是再有本事、成就再大的伟人，也只能算得上一粒微尘。法国物理学家法拉第到了晚年仍然坚持学习。一天，他像往常一样来到了实验室，先做了一些杂事，然后开始做实验。一个年轻人看见了，问他："你又干活又做实验，他们得给你不少钱吧？"他笑了笑，回答："不少，不过，都没有我学到的东西更值钱。"年轻人又问："你叫什么名字？"答道："迈克尔·法拉第。"一听到这个名字，年轻人惊呼："天啊！您就是伟大的法拉第先生。"他赶忙纠正说："不对，我是平凡的法拉第。"而在这个世界上，你越少说你的伟大，别人将越想到你的伟大。培根如是说，而事实上就是这样。

费狄拉说，平凡的人生才是真正的人生，这样的人生除掉了装饰或特异的地方，所以真实。这样的真实表现在做事和做人两个方面，并且，使得我们所做的事朝着正确的去向前进，使得我们所做的人以君子为目标。因此，从这个意义上来说，平凡就是我们生命的黄金，生命因它而增值。

质朴无敌

美国思想家爱默生说："我们把美归结为质朴无华，实实在在，恰到好处。"诚如斯言。质朴是大美、大德。质朴的人，不用遮遮掩掩、藏藏掖掖，因此不会藏污纳垢；质朴的人，没有心机、虚假，因此也不会坑蒙拐骗……

唐朝诗人鲍照诗云："梅花一时艳，竹叶千年色。"在这个世界上，最持久、最真实、最有品位的，不是什么繁华、热烈，而是最平凡的质朴。质朴如此美好，所以，做人就做质朴的人。

要做质朴的人，就得敢于说实话。当年，诺贝尔文学奖授予了我国作家莫言后，他成了万众瞩目的焦点。很多评论家对他写作的动机，给予了高度评价，说他的写作是"为弱势群体代言""为人类的不公正呐喊"……可是，当有记者就此问题采访他时，他却说："我写作最初的原动力，可能很低级，就是为了改善自己的命运，为了改善自己的社会地位，说得更俗，就是为了天天能吃饺子……”这样的回答最真实、最坦诚，它只能源自质朴的人，因为，虚伪、奸诈之流，会抓住机会，铆足了劲地美化自己。

要做质朴的人，就得敢于面对自己的不足。有一次，北大学生皖峰、何子星等人前往学者王国维住处问学，他们向他请教了金石学、小学、学术史、文学史等问题，他都一一给予了解答，后来，何子星提到了关于李邕书《叶国重碑》一事，说自己曾见到过两个版本，一是“江夏李邕撰书”，另一个是“括州李邕并书”，他不知道哪个是真的，就向他请教，他沉思了片刻，回答说：“不甚清楚。”皖峰就此评价说：“即此可见先生研学态度的忠实。”敢于公开自己短处的，永远都是质朴的人；凡是藏短、护短的，往往都是有私心杂念的人。

要做质朴的人，就得敢于拒绝虚假。当年，哲学家萨特完成《存在与虚无》一书后，交给了出版社，而出版社考虑到书稿晦涩难懂，决定首印一千册看看行情。可是，不久书就脱销了。他想到书中还有几处写得不够充分，便赶紧做了补充，再把书稿交去加印。可新印的书很快被退了回来，书店要求出版社必须提供首印版本。后来他才明白真相——当时正是二战期间，法国用来造砝码的金属原料十分紧缺，而家庭主妇生活中又离不开天平和砝码。碰巧的是，首印的每本正好重一公斤，可代替等重的砝码来称重，价格也更便宜。所以，人人都争相抢购起他的书。他这才知道作品突然畅销竟是靠重量而非内容。之后，他不再追求作品是否畅销，而是潜心钻研、写作，终于推出了一系列流传至今的经典著作。没有一个扎实的基础，建于其上的万丈高楼，最终也只能是海市蜃楼。而质朴本身就是一种实在。如果没有实在，世间也就没有任何成功与美德可言。

要做质朴的人，就得敢于放低自己。当年，一位叫方敏的农村学生来北大报到。背着行李，好不容易找到新生报到处，注册、分宿舍、领钥匙、买饭票……手忙脚乱中把行李托付给一位手提塑料网兜路过的老者。当一切都办妥时，已时过正午，他这才想起扔在路边托老者照看的行李。而当他找到他的行李时，却发现烈日下那位老者仍手捧书本，站在行李旁。他感动不已。次日开学典礼上，他才知道，昨天帮他看管行李的那位老者，就是大名鼎鼎的北大副校长季羡林。古今中外，质朴者也是成功者，他们不管自己身居怎样高的位子，都能放低自己，从来不摆什么架子，他们像泥土一样，朴素、孕育硕果。

当然，质朴，有时可能会遭遇无聊之人误解、歧视。当年，鲁迅曾身穿一件灰色的斜纹布长衫，脚蹬一双普通胶鞋，留着长长的黑胡须，去上海沙逊大楼里的华懋饭店看望史沫特莱。他来到大楼门前，看门人打量了他一番，然后说："走后门去。"后门是为运东西和供"下人"们用的。他绕了一大圈，从后门进去。接着他进入电梯，开电梯的看了他一眼，根本不理会他。他想：等一会儿吧，再有别人上楼时，一道上去。可是，等了好长时间，也没第二个人来。于是，他便催促道："我去七楼。"开电梯的对他一番打量后，却不耐烦地说："那边有楼梯，走着上去吧！"无奈，他只得沿着楼梯一层一层爬到七楼。毋庸置疑，鲁迅从外到内都是质朴的人。在当时，他已经是当红名人，别人对他的怠慢，只能证明他们的无知和无德。在无聊的世俗者眼里，质朴是简陋、低下、穷酸的象征，其实，这才是他们内心的真实写照。

古人云："有德者不可敌。"而质朴无疑是大德。所以说，质朴无敌，因为，在崇尚自然和正义的世界里，质朴是质朴者的通行证。

君子守中不务外

古人常说：“君子守中不务外。”它有两层意思，一层是君子要守住自我，心思全放在自己的完善上；一层是君子要看淡、看轻外物，并且不为外物心动。古今中外的名流贤达，无不都是这样的楷模，他们深知自己的重要性以及外物对人的腐蚀性。如果一个人在这个问题上本末倒置，那么他即使是君子也会沦为小人，即使是贵人也会沦为贱人。没有了根，再多的枝叶，也不会构成生机；没有了基础，再多的材料，也不会建成大厦……

可见，君子要“守中”就一定得“不务外”。而要做到这一点，就必须拒绝五彩缤纷的诱惑。司马迁任太史令时，有人给他送来一对玉璧。他的女儿见到后惊呼：“太美了，真是稀世之宝啊！”他也赞叹道：“如此圆润光洁，真是白璧无瑕啊！”紧接着，他却对女儿说：“玉璧贵在无瑕，人也应当如此。我是一个平庸而且地位低下的史官，从不敢以璧自喻。如果我收下这对玉璧，心灵上就会留下斑污，并要受制于人，以后都得听别人的差遣了。”女儿听了父亲的话，爽快地同意父亲将玉璧退了回去。一个人只有坚守做人的原则，守住心灵的底线，将诱惑拒之门外，才能过上自由自在的生活。

要想拒绝诱惑，就得经得住生活的考验。希腊哲学家戴奥基尼斯为人正直，生活简朴，每天只以粗面包和扁豆为食。因为奉承国王而过上奢华生活的哲学家阿瑞斯提普斯，见他如此，自豪地对他说：“可怜的人，学会服从国王吧，你就不用以扁豆为食了。”他以鄙夷的口吻答道：“可怜的人，试着以扁豆为食吧，你就不用巴结国王了。”阿瑞斯提普斯听后，灰溜溜地走了。在这世界上，有不少人像阿瑞斯提普斯一样经不住生活的考验，靠奉迎巴结权贵过上了优裕的生活，而在精神上他们贫穷至极。《圣经》上有言，失去了自我，即使拥有了全世界又有何益?

要经得住生活的考验，就必须有一颗大度的心。当年，努尔哈赤率兵攻打翁鄂洛城，城中的首领鄂尔果尼和洛科，先后用暗箭射伤了他，使他险些送了命。几天后，他的军队攻下了该城，俘虏了那两个首领，众将士要为他报仇，他却说：“两军交锋时，大家都想取胜，所以他们才会拿箭射我。他们的行为，只不过是忠于职守而已。所以，怎么可以因为他们用射伤了我而处死他们呢？这样勇敢的人，不但不应受处罚，而且应受奖赏才对！”随后，他封赏了那两个首领。女真各个部落听到这个消息后，大家都对他的大度称赞不已，于是纷纷前来归顺。多年后，他终于统一了女真各部。毋庸置疑，他的成功跟他的大度密切相关。他如果小肚鸡肠，放不过仇人，那么他就不会赢得民心、建立政权。

要想拥有一颗大度的心，就必须看淡得失，甚至还要主动放弃一些

“得”。在这个世界上，很多的“得”，往往都是累赘。释迦牟尼一生下来，就拥有了地位、权势、财富……而且，想得到什么东西，立马就有人给他送来，在他成年后，他却感到越来越空虚、孤独甚至彻底无望，后来他终于逃离了皇宫遁入空门，成为佛祖。如果他的心里放不下那些“得”，那么他就不会成为人类的圣人，成不了圣人，自然其心胸也不会宽阔。

尼采说，我们可以像园艺师一样，“修剪”自己的无节制的情感、贪婪的愿望、虚荣的内心等，自由自在地“修剪”自己的灵魂，不受任何人的干扰。而君子守中不务外，就是这样的修剪——让自己的心灵日益变得纯粹、高尚。

允许自己跟这个世界脱节

这个世界就是一个俗世，什么名呀、利呀，什么争斗呀、矛盾呀，等等，要是没有这些东西，那也不真实，而事实上，这也照应了世界的“世”——世俗的那部分，而世界的“界”就是人的境界，好了，世界的定义就可以说成这样——由世俗的人和有境界的人构成的大集体。

而这样的大集体，就是我们生活的环境和舞台，你可以选择不做什么，但是你不能离开它；你可以选择你要的那部分，但是你不能游离在它之外……在这个问题上，女作家庆山说得好：“我与现在这个异常喧嚣、浮躁和肤浅的时代有些脱节，虽然它看起来也很先进便利，但我不想追随它的节奏。我遵守自己内心的节奏。所以，我用自己的方式生活。”是的，允许自己跟这个世界的一些内容脱节。

事实早已说明：适当的追求，是生存的基础和保障，可是，过分的攫取，势必会殃及自身的安危。因为，利多了，欲望也就多了，而欲多伤身、灭身。隐居在山中的陶弘景深谙此道。当年，梁武帝曾给他写了一份情真意切的御诏，文曰：“山中何所有？卿何恋而不返？”盼望他出山辅政。而他接到诏书后，深思很久，下定了不出山的决心，提笔写下了这样的诗句：“山中何所有，岭上多白云。只可自怡悦，不堪持赠君。”可见，他跟那些身外之物保持着一定的距离，自然就不会受其伤害或陷进贪婪的无底深渊。

司马迁早就说过：“天下熙熙，皆为利来；天下攘攘，皆为利往。”在这样的一个世界里，一定要懂得利字的厉害，你看，这个利字，是利刀偏旁，就是说，总是围绕着它转，迟早会被伤到的。所以，一定不要做势利眼。《经世奇谋》中记载：唐朝董昌僭号称帝，要钱谬当西浙都指挥使。而钱谬却写信给董昌说：“与其关起门来当天子，让亲戚九族及百姓跟着受灾殃，不如敞开大门当个节度使，还能终身享受富贵呢！现在后悔还来得及。”董昌不听劝告，钱谬于是带兵三万，拜见董昌，恭敬地说：“大王身兼将相之高位，为何会舍安而就危呢？钱谬带兵来到这里，是等候大王改过啊！纵使大王不爱惜自己，乡里的士人、民众又有何罪过，要随着大王被灭族呢？”董昌心生恐惧，于是率兵回去，并做奏书向朝廷报告。如果他攀龙附凤，一旦事情败露，那么他就会遭殃。

所以，我们一定不要贪恋那些外物、诱惑，不仅如此，还要跟一些坏的念头、思想脱节。比如贪生怕死、拣轻怕重、挑肥拣瘦、损人利己、诬陷诽谤等等。古希腊悲剧家索福克勒斯在《安提戈涅》中写道：年轻女子安提戈涅的哥哥死于内战中，她想要安葬自己的哥哥，但国王下令谁埋葬了这个叛徒，就将被处以死刑。她却说：“国王没有权力阻止我同我的亲人接近。”妹妹也再次提醒她这样做的可怕后果，并且说：“我们处在强者的控制下，只好服从这道命令。”而她却说：“让我和我的鲁莽为担当这件可怕的事而受苦吧，我不会遭受比卑贱的死更可怕的事情了。”她的选择是正确的，因为，她知道，与其没有尊严地活着，倒不如体面地死去。正如孟子所言：“如使人之所欲莫甚于生……使人之所恶莫甚于死者。”一个人如果总是斤斤计较、前怕狼后怕虎，他还有什么境界可言？如果大家都这样，那么这个世界岂不就成了真正的芸芸众生了吗？这个世界需要有人脱颖而出、鹤立鸡群，否则，就是同流合污、沆瀣一气。

要知道，不管世界怎么变化，我们不能为了满足一些感情、欲望的需要而改变了人的本质。《龙文鞭影》中记载：汉代崔烈用五百万钱买来司徒官职，就问儿子说：“我担任三公，外面如何议论？”儿子回答说：“议论的人嫌您有铜臭味。”说实话，这样的人，已经失去了人的本质。当年的雅典，经济繁荣，人们的大部分时间消磨在会场、集市、运动场等地方。哲学家戴奥基尼斯大白天提着灯笼走在雅典的大街上。有人问他在找什么，他回答说：“我正在找人，人怎么都不见了呢？”当然，他这是在对那些世俗之徒的讽刺，言外之意就是：没有真正的人了，有的只是直立行走的动物。当今世界，这样的动物就常常在我们身边出没，美好人间变成了他们的动物园。

凡·高说：“我们是地球上的朝拜者和陌生人。”我们朝拜的是我们的追求、信仰，关乎真、善、美的内容，正因为这样，那些世俗者看我们时，会发现我们就是他们眼中的陌生人。我们需要这样的陌生，这样的陌生使我们跟这个世界的一些内容脱节，但是，脱节归脱节，我们从来没有失节。

如果说这个世界就是一个荷塘，那么，我们就是其中的荷花，“出淤泥而不染”，这就是我们跟它的脱节。

本来面目长如故

苏轼在《老人行》中写道：“本来面目长如故。”意思是说，不管时间、环境、地位、遭遇等怎么变，一个人的“本来面目”应该总是跟原来的一样。而这样的始终如一就是一种节操，我们应该好好地保持着。可是，在物欲横流的今天，很多人变得急功近利、追名逐利、物质至上……他们甚至为了自己的目的不择手段，进而变得心口不一、投机取巧、坑蒙拐骗，完全偏离了做人的正道。从这个意义上来说，他们已经游离在道德和人的本质意义之外。

而事实早已说明：一个人只有始终如一地保持自己的本色，他才能称得上是一个真正意义上的人。也只有这样的人，才能成为一个成功的人、一个大写的人。著名电影表演艺术家孙道临就是这样的一个人。他的银幕形象风流倜傥，用今天的话说就是“男神”，不仅如此，他的演技更是精湛传神、韵味十足。可是，他并不恃才放旷，而是更加谦逊，哪怕排练一首短诗，他也会在包里放一本《新华字典》备查，唯恐稍有闪失。正是他几十年如一日的严谨，练就了他的台词功夫，在演艺界有口皆碑：不仅嗓音浑厚，吐字清晰，而且发音准确，字正腔圆，从来没有在演出中念过白字。他曾真诚地说："中国字那么多，念不出没什么难为情；但是，如果想当然地乱念，那是对不起观众的。"他这种始终如一的态度和精神成就了他的事业，也成就了他高尚的人格。

可是，有一种人，他声称自己是始终如一的人，而当他一旦言行不一的时候，就会找个借口来敷衍。这样的人，就不是始终如一的人。因为，真正始终如一的人，不会找一些借口来应付的，即使有时候忘记了曾经的承诺，也会再去找个机会弥补。当代画家李苦禅就是这样的人。凡是答应别人的事，他从不食言。可是，有一次，一个老友请他做一幅画，因为有事在身，没有及时完成。后来，他在老友病故后才想起这件事，于是立即做了一幅画，并郑重地题上老友的名字，还盖上印章，随后把画作带到后院烧掉。事后，他告诉儿子："今后再有老友要画，及时催我，不可失信啊。"虽然，迟了一步，但是，他终究没有食言，没有改变自己始终如一的本色。托马斯·麦考莱说："衡量一个人真正的品质，要看他在知道永远也不会被人发现的情况下做些什么。"说实话，他的老友已经离世了，就是不作画，对方也不会知道了，可是他依然守诺。这才是真正的始终如一。

而一个人要真正做到始终如一，就必须保护好自我的纯粹性，不能有其他杂质的介入。美国作家福克纳曾有一段时间为金钱而写作。他不善于理财，加之妻子又崇尚奢华，财政情况如同一团乱麻。为了摆脱负债的状况，他与华纳、福克斯公司等著名电影公司签订了长期的合同，为他们写剧本，这使得他获得了丰厚的收入，却丧失了宝贵的自由。他素来痛恨为了金钱而写作，偏偏却不得不为金钱而写作。这使得他背离了真正的自我，也使他的写作遭受了巨大的损失。如果没有这些欲望、金钱的诱惑与干扰，那么他的文学成就会更大。所以塞内克说："始终如一，可是一件了不起的事。"那些始终如一者，必须有高尚的品德做根基，否则，建于其上的一切东西，就像无根的浮萍，不能坚守自己的方向。

当然，有时候，一个人看起来颠三倒四，而那未必就是他的真实写照。胡舜在《癫僧》中提到这样一个僧人法渊，他看起来痴癫，常向别人乞讨钱财，得到一文钱就高兴满足，讨到钱多了，就在路上给那些残疾人和穷苦人。这样的变化，我们在登山中常会遇到，但是，不管你走的路有多弯，而到达顶峰的心一直都没变。正所谓："不忘初心，方得始终。"所以说，衡量一个人是否始终如一的标准，不是看其外在，而是观其心。

列夫·托尔斯泰说："一个人只有保持着始终如一的言行，他才能赢得世人和这个世界的尊敬。"也许有人会说，那些出尔反尔、变化多端的人照样会活得风风光光、有滋有味，但是，要知道，那毕竟是暂时的，因为时间如水，终究会沉淀出他们这些渣滓。

意义是对生命最好的成全

萨特说：“写作是对生活的反抗。”当他最后几月无法写作之时，就说：“我的人生便没有了意义。”他的话告诉我们：当生命处于荒废状态时，意义就消失了。很久以来，我一直在思索意义，思索意义跟生命的关系。他的话仿佛一道光，一下子照亮了我的盲区，让我终于明白了这样一个道理：生命只有拥有自己的意义，它才能成为自己最想要的生命。就是说，没有意义，生命就是一副空壳。

生活中，我们会发现很多这样的人：游手好闲者、无所事事者、好吃懒做者、投机取巧者、损人利己者、坑蒙拐骗者等等。这样的生命，能找出一丝一缕的意义来吗？他们活着如同死去。正如臧克家诗云：“有的人活着，他已经死了。”没有意义的生命，就不是生命。可是，他们还存在着，而这样的存在只是说明他们以人的形式存在，但是早已失去了人的内涵，一个失去了内涵的生命，就不再是一个生命。套用帕斯卡的话说，人不过是一根苇草，是自然界最脆弱的东西，但它是一根拥有自己意义的苇草。

但是，要知道这样一个事实：生命本身没有什么意义，而你要赋予生命一个意义，这个意义就像秧苗一样，它需要一个寄托体来承载，而这个寄托体就是你为之追求、奋斗的所在，这样的所在，存在于你喜欢做的事情上，能让你梦想开花、结果的事情上。当然，不同的人，这个寄托体就不一样。但是，不管你的寄托体是什么，只要你的生命因此变得更加充实、丰富、饱满、灿烂，就足够了。就是说，你的生命是有意义的了，而且这意义让生命成为你最想要的那种生命。台湾作家林清玄先生通过写作来实现他生命的意义，他在《美丽的心》一文中谈到写作的意义"不只是在告诉人关于这人间的美丽，而是在唤起一些沉睡着的美丽的心"。这个意义，成全了他自己，使他成了一个作家，同时，他的文章又引起了很多人的共鸣，从而使更多的生命也像他一样拥有了自己的意义。

世上所有的成功者，几乎都拥有这样的意义，它既成就了自己，又给别人送去了帮助或启迪。而这意义说白了就是他们最喜欢做的事情，并且，在这样的事情的里，蕴含着真、善、美的内容。从这个角度上来说，意义就是保证你怎样做一个你自己喜欢的人。意义就是这样的台阶，帮你到达你想要的高度；意义就是这样的溪流，引你到达你想要的浩瀚；意义就是这样的种子，带你到达收获的彼岸……

有时候，我们可能做着自己不喜欢的事，而这往往是我们存在、谋生的必需，也是我们发展、成就自己的基础。福克纳就曾有过这样的情形。当年，他为一家工厂守夜。可想而知，这不是他想要的工作和生活。而他最爱的是写作。于是在他守夜的日子里，他开始了写作。他的传世之作《我弥留之际》就是在他守夜中连用了六周时间写就的。之后，他告别了守夜的工作，开始了全新的作家生活。当然，并不是说他的守夜工作没有意义，有，只是最能体现意义的还是他的写作、他的作品。要是没有这样的最爱，他也不会成为一个大作家。从这个意义上来说，意义是对生命最好的成全。

因此，一个人要想拥有自己想要的生活和事业，就必须自己去创造。塞隆尼斯·蒙克是一位著名的钢琴家，曾经有人问他："为什么您弹出的琴音那么好听？"他指着钢琴答道："所谓新的乐音，是哪里都不会有的。请看那键盘，所有的乐音都早已排列在那里。只要你扎扎实实把意义注入每一个乐音，它就会发出好听的乐响。"日本小说家村上春树说，写小说时，他常常想起这些话，并且他的心里也是这样想的："所谓新的词语，哪里都不会有。给普通之极的词语赋予崭新的意义和特别的声响，才是我们的工作。"其实，生活原本就是荒芜的、没有生机的，可是，你要从中找到你最喜欢的那件事，并且，要把它往好处做，直至做到极致，这就是你赋予生活以意义的唯一方式。只有这样，我们才能保证所做的事才是最有意义的，而这样的意义，成就了古今中外多少音乐家、文学家、科学家、哲学家……

我的高中班主任张广科老师曾说"我命在我"，而每个人的意义，也是握在每个人的手里，不会存在于他人的手中。

意义是一朵不凋的花

1

我有一位文友，是一名基层的领导。工作之余，他不停地读书、写文章，而且，常常有文章见诸报端。十余年来，他已经出版了几本书，而且一本比一本好。就是说，他在写作上是不断进步的。

一次我们问他："在基层，杂七杂八的事，足够你忙活的了，你还去写什么文章啊？"

他却说："每天的写作，也是一种总结、记录和升华。如果没有这些东西，那么我就会觉得生活太空虚了。或者说，活着的意义一片空白。"

他说到了意义，意义的确让人精神焕发，让人把日子过得更加充实，甚至诗情画意。这样说来，意义就像一种方向，将人带到一个个令人欢喜的彼岸。

如果没有意义，世上不知有多少人将在原地踯躅不前。也许，所谓的进步、上进就会因此绝迹吧。

2

我的一位同事，叫梅花，她的男友刚刚被查出患有淋巴癌。大家都知道这病的后果，所以，很多人都劝她，放手吧，这又不是你的错，如果你还跟他继续交往，最后也还得分手，因为这病太无情。

而她听后却淡淡一笑，没有说什么。大家都认为她会跟他分手，可是，几天后，我们听说他们订婚了。这是晴天霹雳啊。我们真的不敢相信自己的耳朵。可是，事实证明这消息是千真万确的。看来，她真是一朵名副其实的梅花——不但不惧怕尘世的冷，而且还敢凌寒绽放呢。

这个世界上，有很多事情，看似都没有了意义，可是，那些执着的、真心的人，却能赋予它们以感人的意义。

一些事情之所以有了意义，从一定意义上来说，是因为跟它们相关的人先有了意义。就像我的这位同事一样，如果她在得知她的男友患病后就离开了他，那么就不会有之后的意义了，我们也不会为之感动不已了。

意义源于爱与美德。

3

我的一位朋友，她喜欢看书，尤其那些期刊，每个月她都得认真阅读几本，而且，有些文字，她还得读上很多遍。这几年来，她一直有这个习惯，从未间断过。有人曾问她：“你又不当作家，看那些书干什么？还不如去做些发财的事情。”而她却说：“我就喜欢看书而已。我认为，只要能做自己喜欢的事情，生活就会有更多意义。”

这话说得多有禅意啊。生活中，有那么多的人，没有自己喜欢做的事情，常常整日无所事事，得过且过，时光虚度，这样一来，生活还有什么意义呢？

哲学家柏拉图说：“人是寻求意义的动物。”一个人，如果不能积极地去寻找自己的意义，那么他的存在就是一个问题，一个没有答案的问题。而事实一再说明：意义是生活的一种不可或缺的点缀，因此，从这个角度上来说，意义是一朵花，一朵不凋的花，有了它，生活就会被这样或那样的美丽和芬芳包围。

无意胜有心

在里约奥运会上，中国射击队“四朝元老”选手杜丽获得一块银牌，记者采访她的时候，她说：“不知为什么，在最后射击的时候，我总是抬头看屏幕，看结果。”我想，如果她当时能够把结果之类的事情放下，轻轻松松地去比赛，那么说不定那枚金牌就是她的。

这让我想起瓦伦达。他曾是美国一个著名的高空走钢丝表演者。在一次重大的表演中，不幸失足身亡。他的妻子事后说，我知道这一次一定要出事，因为他上场前总是不停地说，这次太重要了，不能失败，绝不能失败；而以前每次成功的表演，他只想着走钢丝这件事本身，而不去管这件事可能带来的一切。

我一直很喜欢“自然”这个词，如果每个人都能在做人做事上自然一些，那么就会减少一些不必要的损失，不仅如此，我们还会收获很多惊喜。

我有一个诗人兄弟，他从十几岁就开始写诗，一直写到现在，二十多年了，他仍然诗心不改。有一次，我问他："你有没有这样一个想法：把写诗当作一个跳板，时机一旦成熟，你就借它往上一跃，从此成就自己？"他很淡然地回答道："没有这样的想法，对我自己来说，写诗就是自己最喜欢的一件事，能写到什么程度就写到什么程度，除此之外，没有别的想法。"就是说，在他心里，写诗就是他的一个爱好，他没有想到这个爱好会给他带来什么，他也不奢望什么，只管写着，一天天地写着，就像流水一样，能流多远就流多远。可是，就在今年，他从近千名诗人中脱颖而出，参加了《诗刊》杂志社在漠河举办的中国诗歌的年度盛会——"青春诗会"。

有心栽花花不开，无心插柳柳成荫。这句古话广为传颂，可是，究竟有多少人真正理解了它的内涵呢？所谓无意，就是放下多余的心思，投入而自然地做事，可是，这样的放下，到底究竟有多少人能真的放下了？放不下的，无非是一些私心杂念，带着这些东西去做事，即使你很有心、用心，结果也往往非你所愿。因为，那些私心杂念容易让人心神不宁。就像一个人走在悬崖边上，稍一分心，就会坠入万丈深渊，后果不言而喻。

一句广告词说得好："心纯净，行至美。"一个人的心里纯纯净净，这样的心做起事来才会容易投入，进而进入无意状态，在不经意间，从而把事做到极致。《庄子·知北游》中记载：大司马家锻制带钩的人，年纪虽然已经八十，却一点儿也不会出现差误。大司马说："这是为什么呀？"锻制带钩的老人回答说："我二十岁时就喜好锻制带钩，对于其他外在的事物我什么也看不见，不是带钩就不会引起我的痴迷。锻制带钩这是得用心专一的事，借助这一工作便不再分散自己的用心，而且锻制出的带钩得以长期使用。"显然，这个锻制带钩人的心思全部集中在他喜欢的事情上。这样的无意，才能打造出精品，也映衬出了一个人澄澈的人品。

我们无意时，心原本就是一双翅膀，带着我们自由自在地、快乐地飞翔，甚至抵达我们不曾想到的高度。可是，有些人非得在那翅膀上系上一些东西，比如名利、黄金之类，这样一来，我们再想努力地高飞，已经不可能了，甚至连飞起来也变得困难重重。其实，人生就是这样，很多时候，无意胜有心。所以，总有一些惊喜看似出人意料，实则又在情理之中。

辑七／很多事情的保质期就是此时此刻

所有的时光一直都很美

我们常常说，要是能回到从前该有多美啊。可是，在我们渴盼回去的那个从前，当时的我们不是曾经那么炽烈地向往着未来吗？现在的境况往往就是我们曾经期盼的彼岸。

过去，我们曾不止一次地梦幻着，在未来的某一天，考上大学、找个好工作、找个好爱人、生个好孩子等等。如今，这些想法、梦想都已经开花结果，可是，面对这些花花果果，我们又怀念起以往的生活来了，但是，要让自己一直生活在那样的境况里，我估计，我们对未来的向往永远都不会终止，就像向日葵一样，只要太阳在，就会一直向阳而生。

这是不是应了这句话：对于一些东西，没有拥有的时候，会一直盼着拥有；可是一旦拥有了，就觉得没拥有的必要了，甚至，随时随地就可以抛弃之？是不是还可以这样说：有些东西，一旦拥有了，你就觉得它们越来越熟悉，熟悉到仿佛可要可不要的地步？这时候，再好的东西，也会让你觉得它已经没有最初的美好了。从这个意义上来说，熟悉，有时候就是一双可怕的黑手，它在不经意间破坏了你所拥有之物的本来面貌和情态。正所谓：熟悉带来轻蔑。

还有一种情况，那就是：一些人现在过得不怎么好，所以他们就会在回忆中找些火焰来温暖自己、找些欢乐的片段来愉悦自己。在这样的情形下，他们觉得还是从前美，甚至觉得连那些迎面袭来的寒风冷雨也是美的。

每个人都有想象的权利和自由，在这样的权利和自由中，我们可以回到自己想要的任何一个从前。有时候，回忆过去，也是一种快乐，从中汲取更多的力量和营养，让自己在前进的道路上走得更好、更远、更踏实。这样的回忆，是人生不可或缺的一个环节。但是，我们绝不能在某个一个从前里陶醉、迷恋不已，把那个点当作人生的终点，否则，就会浪费本该继续前行的时光，进而跟那些美好的机遇失之交臂。要知道，即使从前再美，那美也只是一朵子虚乌有的花，没有任何的芳香可言。

我也曾遇到过这样的人。一见面，还没有等你开口，他们就在那里如数家珍地把自己过去的一些丰功伟绩罗列出来了。一方滔滔不绝、眉飞色舞，一方恹恹欲睡甚至哈欠连天。这样的追溯，听众往往都是貌合神离、名存实亡，那些诉说在那里白白地浪费了一些感情和时间，纯粹是过了一把说话欲的瘾。俗话说，好汉不提当年勇。他们越是在那里炫耀以往的光辉岁月，越说明他们现在的光景可能很惨淡，进而使得他们伤心欲绝、万念俱灰，从而走向了破罐子破摔的轻生厌世之路。与其如此，还不如好好把握现在，对，就是此时此刻，做点儿有意义的事，或为了梦想继续努力，或为了完善自己进行一番反省，或为了德行做一些善举，等等，这些都比你在那里说一些过去的花花果果有效果，要知道，那些花花果果早已失去了往日的缤纷和香甜。到头来，徒增悲伤。

所以，即使从前真的那么美，那美也是早已零落的花朵了，再对它们忙碌，也不能收获任何芳香和美丽。再说，时间具有无休无止的流动性，任何一个未来，都会变成现在，任何一个现在都会变成从前。

这样说来，每个时间段，都具有美点。不只是从前美，而是所有的时光一直都很美。所以，没有必要厚此薄彼。如果总是认为从前美，就会消耗我们的精力和时间，再说，谁也回不到任何一个从前，就像台湾作家简媜所说的那样，我们就像“……一滴酒回不到最初的葡萄”。我们能做的，就是做这美的守护者，让这美像种子一样，稳稳当当地生出更多的美来。

把时光填满

每个人拥有的时光都一样多，每天、每年都如此，可是，真正被我们利用的时光却长短不一，有的长，有的短，有的却全被荒废了，就像被人弃置、荒芜的良田。这样一来，我们所收获的粮食也就截然不同了，有的硕果累累，有的零零星星，还有的甚至颗粒无收。

人的一生就那么长，扣掉吃饭、睡觉、休息等必要的时间外，所剩的，是有限的。明智的做法就是，用有限的时光，做尽可能多的事情。可是，很多人却没有这样做。法国作家莫泊桑说："世上真不知道有多少能成就功业的人，都因把难得的时间轻轻放过以致默默无闻了。"你放过时光，时光也放过你。

还有一种人，在他虚度了一定的时日后，突然觉得该惜时如金了。但是，他又感到疑惑：那么多时光都被我虚度了，现在再珍惜它还来得及吗？在这个问题上，答案很唯一：来得及。只要开始，什么时候都不晚。

就拿我自己来说吧，我20岁左右，喜欢写作，而且很痴迷，可是，写着写着就放弃了。爱好没有了，只剩工作——教书。工作之余，大段大段的时间被我用来闲聊、喝酒、打牌。后来，在一个同事的鼓励下，我重新写作，当时，我已经35岁了，感觉已经晚了，同事却说，鲁迅先生从37岁开始写作，不是照样能成为一代文豪吗？你比他还早两年呢。就这样，我又开始了写作，不承想，这一写，就再也没有停下来，原来被我荒废的课余时间，现在都成了我读书、写作的节日。几年下来，发表的几十万字比几十万块钱还让我高兴。为什么这样说呢？因为我感觉那几十万字就像一颗颗果实填满了我的时光，也让我倍感充实。这也许就是生命价值和意义的一部分吧。

当然，我只是一个小小的写手而已。更有说服力的还是那些大家的经历。比如我最崇拜的贾平凹，当年，他被分配到陕西人民出版社文艺部工作，任助理编辑。在那里，他有了写作的冲动，于是开始了写作。后来，他在一篇文章里这样回忆那段经历："我每天坚持玩命地写，不断地向全国各大媒体投寄作品，但收到最多的是退稿签。稿子是向全国四面八方地投，四面八方的退稿又涌回来。退稿信真多。"就在这样的打击下，他仍然坚持写，坚持投，后来，终于获得了一次机会，参加了《烽火春秋（续集）》的工作，并且出版了小说集《兵娃》，在文坛上崭露头角。现在的贾平凹，是当今中国文坛上为数不多的大家之一。

显然，如果贾先生禁不起折腾，那么他就不会成为一个大作家。同时，我们不难发现：贾先生对时光是充满珍爱之情的，在他看来，时光就是一张答卷，他想填上正确的答案，可是，这一个个答案，需要他自己辛苦的演算、证明才能得到。其实，每一个想有所作为的人，都像他一样，不想给时光留下空白，一旦谁要是留下了空白，那就意味着：他的人生将会多一些遗憾、后悔甚至寒凉，同时它也是曾经懒惰、敷衍、得过且过、无知的见证。

美国思想家爱默生说：“把时光填满，这便是幸福的真谛；把时光填满，不要为懊悔留下一丝空隙。”就是说，分分秒秒都要珍惜好、利用好，要知道，时光就像土地一样，你不去填上“庄稼”，它就会被杂草围困，这样，当你日后回想起的时候：你就会长吁短叹，百般后悔当初的不作为。那么，彼时填满时光的，就不言而喻了。所以，用美好的内容填满时光，我们就会收获美好。也许，虽然它白白地从我们身边溜走了，它照样会被填满，只是所填的内容，跟美好无关。

诗人朗费罗说，时光是灵魂的“生命”。这样说来，我们把时光填满的过程，就是对灵魂不断地充实和丰富。

很多事情的保质期就是此时此刻

海子在诗歌《面朝大海，春暖花开》里写道：“从明天起，做一个幸福的人。”为什么不从今天开始呢？为什么不从现在开始呢？也许，诗人有他自己的打算，也许，他只是为了抒发某种情感，但是生活不像写诗那样可以放慢一些节奏，很多事情，若都等到明天再去做，那么你就会收获遗憾、后悔或眼泪。

一位年轻画家去拜访美国著名画家柯罗，大画家为年轻人的画作指出了一些需要改进的地方。年轻人却说：“明天，我会把它们全部修改好。”大画家反问道：“为什么要等到明天呢？要是今晚就死了呢？”由此可见，大画家非常痛恨这种拖延时间的做法。

很多事情，若不及时去做，就会出现两种情况：一种是机会不在了；一种是人不在了。不管是哪种情况，都是不可挽回的损失。

晚点，该乘坐的车开走了，该遇的贵人走开了，该签订的合同泡汤了，该抓住的机会飞走了，该扑的火烧毁了自己心爱的东西……哲人说：“人不可能两次踏进同一条河流。”时间一变，一切都随着变化。

社会学家库尔特·卢因说：“有的人一生都踩着刹车前进，让拖延的想法困住了手脚，结果到最后都一事无成，而另一种人从来就不会让拖延成为自己的习惯，一路都踩着油门高歌猛进，最后在事业上获得了巨大的成功。”因此，要想把该做的事情做好、做大、做强，就必须及时地把握住机遇，而成功、奇迹就是一些美好的瞬间恰好被你遇上了。正如张爱玲所说，于千万人之中遇见你所遇见的人，于千万年之中，时间的无涯的荒野里，没有早一步，也没有晚一步，刚巧赶上了……如果你拖延了时间，那么那些美好的邂逅就属于别人了。

可见，世上的很多事情的保质期不像饮料、食品的那样长，半年、八个月、一年、两年、三年甚至更长，它们往往就是此时此刻。凡·高说：“我一看到空白的画布呆望着我，我就迫不及待地要把内容投掷上去。”面对瞬息万变的机遇，就要如此迫切地去应对、挑战。被誉为“沙漠梅花”和“沙漠卫士”的植物梭梭，广泛分布在我国荒漠地区，其生命力非常顽强，它的种子一旦遇到雨水，在二三个小时内就迅速发芽、繁殖、蔓延、成片。如果它有半点儿犹豫、拖泥带水，那么它就会毁于那异常的气候和不测的风沙。因此，从这个意义上来说，一些事情的保质期就代表着它们的生命、新生和未来，一旦错过，你将面对的就是失望、失败、死亡……

世上有两种：一种是观望者，一种是行动者。人生就是短短的几十个春秋，在你观望、徘徊、逗留、玩乐、伤怀时，那些美好的机遇离你而去。所以，一旦看好目标和方向，马上行动吧，就从现在，甚至就从眼下的这个刹那。

匆　匆

一过四十，尤其感觉时间过得太快了，也像李煜所感慨的那样："林花谢了春红，太匆匆。"年轻时，特别是青少年时期，根本就认识不到时间的流逝，也不珍惜，甚至认为，时间就像那一座座的远山，这一辈子根本就攀登不完。而且，也从来不会想到——青春的短暂、生命的衰老。再说，人生不过百年，这岂不要过半了吗？

然而，芸芸众生，有多少人能活到100岁？天灾、人祸、疾病等都是让生命随时画上句号的凶手。我的父亲就是这样，在他58岁时，病魔就带走了他短暂的一生。匆匆啊，匆匆。就是到现在，父亲已经去世6年了，我的思想还纷乱着，还不能适应时间的这个节奏。很多时候，我还以为父亲没有走，只是出远门还没回来。在这匆匆里，我一直都没有分得清这是现实还是空想。我也不愿分得清。可是，就在我的不愿里，时间依然匆匆而过。

其实，任你怎样留恋、期盼，那都是你的痴心妄想，而时间永远都是匆匆、匆匆而过，正如孔子所言："逝者如斯夫，不舍昼夜。"可是，在那些不懂得珍惜的、为赋新词强说愁的日子里，有时候，我们是在熬时间，甚至抱怨，怎么时间过得这么慢啊，一日好似一生？恨不得为时间插上一双强有力的翅膀，带我们飞，飞过那些忧伤的地方、事情和心情。现在，早已明白了，当时，我们熬的时候，时间正匆匆地从我们惶惑、迷茫的身旁飞驰而过。它不会因为你惶惑、迷惘而也随着惶惑、迷茫，再说，这也不是它的风格，它在任何时候、任何地方都是清醒的、无私的。现在倒好，总希望时间能慢一点儿走，别走那么快，可是，这只是我们的一厢情愿。而时间，就在此刻，依然不会因为你的依恋和深情而为你停留或慢走。

人定胜天，却胜不了时间。以往，常常笑话历史上那些炼制仙丹的人，认为他们太疯狂。现在，我非常理解他们的心情。谁不想多活一些时间？谁不想在世上多做些事？而我们能做的，就是在匆匆里，做好我们该做的事，这也是对时间的珍惜和尊重。

话又说回来了，人啊，为什么非得要战胜时间？要知道，它就是一个匆匆而过的主，天也管不了它，地也管不了它，就是历朝历代的天子，虽然拥有最高的权力，也管不了它。世上没有谁管得了它。到最后，谁都是它带走的，不管你愿不愿意。每个人的最后，都是某一个匆匆陪我们走到生命的尽头。匆匆之于时间，一如飞流之于瀑布。一些东西都是命定的。

匆匆啊，匆匆。有时候，我们仍然把你给遗忘了、冷落了，可是，到了某个时刻，我们才恍然大悟，有些事还没有来得及做，有些话还没有来得及说，有些承诺还没有来得及兑现……每每这时，我们才发现，我们成了最大的输家——错过了太多太多。当然，这也是对我们最大的惩罚。因此，我真想时间能说话，随时告诉我们——“快起床，到时间了”“你不能再贪玩了”“你不能说话不算话，答应别人的事得兑现”“你不能再把时间浪费在那些无聊的事上了”，等等。这样，我们就能随时纠正错误，让自己日益完善。可是，到如今，我已犯了那么多的错误，做了那么多不该做的事，该做的事却荒芜了，等等，你只管匆匆而过，没有提醒我，所以，我以及像我一样的人，现在常常流泪、后悔，在那些匆匆里，埋下了太多的苦种，现在我只能自食苦果。坦然面对。也只能这样。

过去了的，已经成为曾经，无论怎样想去修改，都是不可能的事，该做的，就是在匆匆里，把心放平，坦荡从容就行了。可是很多人却常常感慨“时间怎么过得这么慢啊？”“怎么那结果还没有啊？”等等，诸如此类的问题。他们之所以有这样的感慨，就是因为他们的欲望、心情比时间还匆匆，这可比时间的匆匆可怕多了，因为，一旦人的欲望快于时间，生活往往会被打乱，进而失去该有的秩序和结果。所以，很多的匆匆，都是人为的紧张和急躁。明智的选择，就是在这匆匆里，心如止水。

就在我写这些文字的时候，时间依然匆匆而过……

今天你不刻苦，明天苦就刻你

年轻的时候，很多人都不想刻苦学习、钻研。而年轻的时光就那么一段，过去了，就永远地不会再有一次青春，正所谓："盛年不再来。"

而今，我也早已远离了那段时光，可是，每每回首，总觉得有些时光还是被我虚度了，该刻苦的时候，却没有刻苦。如果当时再努力些，那么现在的境况肯定会更好些。我想：这是每个人共同的后悔之一。可是，当一切都过去了，再后悔也是徒增悲伤。就像那些落花一样，你再怎么爱它们，它们也不会重返当初的枝头。

所以，我常常对我的学生讲这样一句话："今天你不刻苦，明天苦就刻你。"其实，古人早就说："少壮不努力，老大徒伤悲。"

我就有过类似的经历。我念大学的时候，是在20世纪90年代，电脑不如现在普及。可是，我不喜欢电脑，也不想在上面多花一分钟学习，所以，连考试都是勉强通过的。毕业后，我们那时还是包分配的。其中，有一个特别好的工作，就是与电脑有关，要求电脑操作熟练者优先考虑。当时，相关负责人点名要我，可是，我的可怜的电脑操作水平，最终让我敬而远之，跟美好的工作失之交臂。如果当初我要是好好学习电脑的话，那么那份好工作就非我莫属了。后悔、伤心、遗憾等不好的情绪像一把把刀子一样，切割着我的心。这就是苦在刻我啊！

这正如蔡康永所言："十五岁的时候，你觉得游泳难，于是放弃游泳，到了十八岁，你遇到了一个你喜欢的人约你去游泳，你只好说'我不会'；十八岁的时候，你又觉得英文难，于是放弃英文，到了二十八岁，出现一个很棒但要会英文的工作，你只好说'我不会'。人生前期越嫌麻烦，越懒得学，后来就越可能错过让你动心的人和事，错过新风景。"

为了一时的轻狂或放纵，要付出毕生的代价，而即使如此，也不能挽回曾经的损失。可能有的人会说，我聪明，我智商高，不需要那么刻苦就能实现自己的目标。要知道，世上任何一个目标的实现，都不是轻而易举的事情，它们都需要我们刻苦、刻苦、再刻苦。因为，我们要的那些答案，总是藏在最深处，它们是为那些刻苦者准备的，要是谁都能找到它们，那么这个世界上就没有了优秀和平庸的区别了。再说，做一个人，谁不想活得荣耀一点儿。美国文学家梭罗就说过类似的话。

要做到这一点，就必须在年轻的时候，多多刻苦。听过这样的一个故事。一匹千里马，在等待伯乐发现它。商人想用它，它却不想为商人驮运货物；士兵想用它，它却不想为士兵出力；猎人想用它，它却不想为猎人出苦力。就这样很多年过去了，它仍然没有找到合适的机会。有一天，钦差大臣来了，这让它欢欣雀跃。钦差大臣问它："你上过战场吗？你有作战的经验吗？"它都没有。它却说："我能跑，日行千里，夜行八百。”于是钦差大臣让人它跑跑看，结果，它还没有跑多远，就气喘吁吁。结果，钦差大臣遗憾地离去。没有年轻时的铺垫，就没有后来的腾飞。你即使再有才，那才也是徒有虚名，名不副实了。每每这时，内心就会倍受煎熬，痛恨曾经的懒惰和无知，可是，仍然有人不知道为什么会落魄至此，甚至怨天尤人，牢骚满腹。这样的苦，只有当事人才能体会得彻底。

所以，年轻的时候，你越聪明就应该越刻苦，要是你觉得自己平庸，更要刻苦，正所谓：“笨鸟先飞。”

佛说：“人生是苦的。”而我们的努力就像一把把雕刻刀，把那些苦一层层地刻掉，刻到一定程度，苦没了，甘甜才会来，如果，你惧怕这些苦，逃避这些苦，那么它们就会变成一把把的雕刻刀，刻你，把你刻成无能者、懦弱者、失败者……

热爱是个天使

1

一天，我在书房里看书，四岁的儿子过来对我说：“爸爸，我下楼玩一会儿，可以吗？”“可以，去玩吧。”

过了一会儿，我不放心他，于是到窗口看他，小家伙正在楼下的一堆沙子旁玩沙子——用手把沙子装进一个空饮料瓶子里，然后再倒出来，如此反复。

一个多小时后，儿子才回来。然后，一个人坐在沙发上，有一句没一句地唱着，好像是他刚才快乐的继续。

在孩子眼中，一堆沙、一块泥巴、一截木棒、一盆水、一只小虫……因为热爱，它们都变成了天使，带他们飞翔，给他们以快乐。可见，快乐随处可遇，只要你有一颗清澈的心，并且心有所爱。

2

同事小杜喜欢练字。工作之余，只要有空闲，她就会写一会儿字，有时写毛笔字，有时写钢笔字，有时草书，有时正楷……

一次，我问她："小杜，你对书法情有独钟，有什么特别的原因吗？"

她笑着回答道："哪有啊，只是写字的时候，感觉很清爽，痛苦、烦恼等等都跑掉了，一颗心只随着那一笔一画起舞。"

说得多好啊。

那一笔一画就是她的一砖一瓦，构筑着她心灵的家园。在这个世界上，一个人有了心灵家园，就会变得更快乐、充实，而且不易被"风雨"击倒。

3

我的一个朋友，他家的阳台上、客厅里、卧室里、书房里……都摆满了各种各样的花。

空闲时，他就会给它们浇水、拔草，有时候，就静静地看着花儿们，花儿们也静静地看着他，很是默契。

他曾对我说，再忙再累，回到家，一看见这些花，就仿佛置身于自然之中，什么都忘了。

是啊，把深深爱着的"自然"搬进心里，生命就能享受更多的清爽和芳香。

4

学校传达室里，有个姓陈的大爷，每每到了晚上，他就约几个爱好文艺的朋友，在那里一起吹拉弹唱，俨然是一个小乐队。他们常常旁若无人地唱着、弹着、拉着，甚至像孩子似的舞着、蹈着……

有一次，我跟他闲聊起这件事，他说：“我们这样玩着，不为名，不为利，不为登台演出，只为了让自己变得快乐、充实。”

一个心中有所爱且常被快乐包围着的人，肯定要比那些被欲念、邪恶指使着的人高尚得多。因为，一个人心灵的容量是有限的，美好的东西多了，丑陋的东西自然就没有立足之地了。

热爱是个天使，把心中那些魔鬼都给赶跑了。

水流云在

1

前几天，因为一件事，我跟一个同事闹僵了。之后，我们跟以前判若两人，天上人间。好几次，我曾试图找机会修复遭受破坏的关系，但是都无济于事。

看样子，他要将“生气”进行到底。

一个跟他有过“宿怨”的同事，知道了我们的事情后，为我“打抱不平”，在我面前说了他不少坏话，但是我没有说一句抱怨或贬损他的话。

在这个世界上，总有一些你无法预测的遭遇、变故，但是你万万不能因此放弃你做人的规则、底线，不能跟它“同去”，要知道，水流云在，无论外面的世界多么善变，我们都要有所坚守，也就是说，总有一些东西跟我们不离不弃。

也许这就是人之所以为人的真正原因吧。

2

前些日子，我被一件麻烦事搞得手足无措、万念俱灰。整个世界仿佛都成了黑夜，看不到一点儿光明。我因此差点儿自暴自弃。

但是值得庆幸的是，在朋友开导下，我终于走过了那一段泥泞路，我的世界变得柳暗花明。

事后，我明白了——

好运不可能天天陪着你，它不在时，你还在，它转身离开的位置就是一片沃土，供你耕耘，辛勤付出后，何愁没有丰硕的果实？

3

那一年，去北戴河参加一个笔会。我和来自天南海北的文友们一起度过了几天快乐、难忘的时光——旅游观光、交流学习、相互鼓励……彼此收获颇丰。

可是，天下没有不散的筵席。短暂的相聚后，就是不可避免的离别。再说，离别后何时再相见还是一个未知数。因此，在离别之际，大家都依依不舍，拥抱、握手，执手相看泪眼。

一位文友的话道出了大家的心声：“流去的是日子，留下的是温馨的回忆和祝福。”

在这短短的一辈子里，每个人都要经历不计其数的悲欢离合，谁也不可能跟至爱的亲朋好友永远相聚、厮守，跟你不离不弃的，只是那些与爱有关的情节，在心灵之书上，慢慢凝固成不朽的美好。

4

在我们搬进新家前，曾租住过一段时间。

那是一个农家小院，院中有一小片空地，爱人就在那里种起了花儿。

见爱人忙碌的样子，我劝她，别种了，我们只在这里住三个月，又不是长住下去。她却说，过一天也要美一天，再说，在我们离开后，仍然有花开，有香气弥漫，不是很好吗?

爱人说得对啊。一生里，我们不知要换多少个地方，但是不变的是我们自己。如果能够在每个居住、逗留或路过的地方都能留下美丽、花香，我们不就是成了一朵朵会走的花了吗?

是的，每个人都能够这样，世界原本就是美丽的、芳香的。

美好前面还是美好

每个人都在追求着自己的美好。由于我们的天赋、能力、兴趣、理想等不同，所以追求的内容就大相径庭了——这些内容相当于一个变量，但是不管它们怎样地变化，都必须在真、善、美的范围内取值，否则，追求的内容就蜕变成了假、恶、丑的一部分，其结果会把人引向歧途或绝路。

蒙田说：“如果我希求世界的赞赏，我就会用心修饰自己，仔细打扮了才和世界相见。”因此，在见到自己中意的美好前，就必须好好地“打扮”自己。从这个角度讲，人生就是一个不断打扮自己、让自己日益变得美好的过程。那么，怎样才能让自己日益变得美好呢？

美国的富兰克林，被誉为“开国三杰”之一，曾有人问他：“先生，你每天都在做什么？”他回答道：“我每天都在跟自己作战。”“那你战胜自己了吗？”“是的，我暂时战胜了自己，可是，明天，他又会起来反叛我。所以，到了明天，我还得跟自己作战。我乐此不疲。”跟自己作战，顾名思义，就是把自己身上的缺点、不足击败，使自己变得更加纯粹、澄澈。因此，从这个意义上来说，只有不断地战胜自我，才能迎来美好的自己。而自己变得美好了，我们就有了追求美好的前提和基础，就像一块地，只有变得肥沃了，才能结出硕果。如果自己是岩石，即使撒上良种，收获的也只能是干瘪的希望。

而人们追求的美好，往往跟成功、胜利、幸福、快乐等有关。而每一种美好，都不是轻而易举就能够实现的。我们不付出，就休想拥有美好的瑰丽绽放。我国著名历史学家张舜徽写就的200多万字的《说文解字约注》，就是他40多年知识的结晶……这样的美好，无一不源于自己的美好。换言之，美好才能遇见美好。

海子有这样的诗句：“永远是这样/风后面是风/天空上面是天空/道路前面还是道路。”美好也是这样——没有尽头。因此，我们的追求就没有休止。生于五代十国的范质，通过科举在朝廷中谋得一职，但他还读书不辍，有人就对他说：“你已经有工作了，不必再那么努力读书了。”他却说：“有看相的人说我日后能当宰相，所以，我现在必须努力读书，否则，一旦当了宰相，我就不能胜任那职位。”后来，他果然当了后周和大宋的两朝宰相。因此，当我们取得了一定的成绩，一定要把它当作新的起点，千万不要狂妄地把它视为顶点，否则，就会停滞不前。

可见，在成绩面前，必须保持足够的冷静和清醒。只有这样，才能保证自己的美好不丢失、不变质。史载，雅典人提谟修斯曾在呈送国家的政绩报告中不时地插入这样的话“而这并不是我的幸运”，从此，他做任何事情都不再顺当了。就是说，失去了该有的德行，就无法保证美好的继续前行。

培根说："造成人们幸运的东西，正是他们本身具有的许多细微而又难以觉察出来的德行。"因此，从这个意义上来说，是我们自己的美好，感动了前面的美好。所以，才有了一场场美好与美好的相遇。美好前面还是美好。

给生活安个播放器

1

这一段时间，几乎听不到同事小吴的牢骚、抱怨、叹息了。以往，几乎每天都要受他坏情绪的影响，同事老李曾感叹：“我们真是在劫难逃啊。”是啊，谁都想天天沐浴着温暖的阳光，不想被一些阴霾的乌云笼罩着。

他怎么发生这么大的变化呢？原来，他把所有的业余时间几乎都用在读书上了。有时他看唐诗、宋词，有时他看鲁迅、董桥……他还引用林清玄的话说：把时间都用在别的方面，就没有时间给心灵。他通过读书来修身了。好事。

这个世界上，很多东西，你无法改变，能够改变的只有我们自己。

让自己变得快乐、宁静、淡泊、豁达、洒脱，不是没有路，有，而且还很多，关键在于你自己——选择适合自己的那条，去找寻你想要的“彼岸花”。

2

一天，晚饭后，爱人约我去人民广场。天下着淅淅沥沥的雨。我说：“改天吧，外面下雨呢。”爱人却说：“雨不大，打把伞就行了。”我心里想：下雨还逛街，广场上有人才怪呢。肯定去了还得马上回来。

可是，一到广场，我傻眼了——一百多人在那里跳舞呢。这些人，真是风雨无阻啊。于是，我在一边也跟着他们摇摆起来。

很多人，像我一样，因为一点儿“雨”，就停下前行的脚步，而这些舞者，依然在其中舞着、蹈着，这点“雨”淋不湿他们的心灵和生活。因为他们的心里充满了阳光。而这摇曳多姿、自由自在的舞蹈“舞”掉了他们心中的乌云。

3

一日，经过一个拆迁地，那里长满了旺盛的杂草。一个老人赶着一群羊在那里。

让我不禁停下脚步的，不是那草，也不是那羊，而是老人胸前挂着的播放器——正放着悦耳的歌声。

枯燥的、徘徊于城市边缘的“放牧”，因这歌声而变得生动、鲜活起来。

很多人常常抱怨，这儿不如意、那儿不顺心，其实，生活本身谁也无法改变，能够改变的这是对它的态度。叔本华说："影响人的往往不是事物本身，而是人们对事物的看法。"说的就是这个意思。

生活的主动权就握在我们的手里，因此，不妨选择适合自己的方式，点缀、丰富一下生活，就像这个老人，在胸前挂个播放器，原本枯寂的生活就会流淌着快乐的旋律。

辑八／无我之境

成为美好的一部分

印度大诗人泰戈尔讲过这样一个故事——

一个画家在集市上卖画，一个大臣的小少爷，被他的一幅画深深迷住了，站在那幅画前，久久不肯离去。而画家用一块布把那幅画盖住，并且说，这画不卖给他。

画家为什么这样做呢？原来，画家的父亲曾遭遇过这个小少爷父亲的欺负、迫害，最后抑郁而死。

而小少爷不了解这些，所以他依然想买下那幅画，由于他是痴情任性之人，最后竟然得了心病，日渐憔悴。后来这位大臣不得不出面，找到画家，愿意出高价买下那幅画。而画家宁愿把它挂在画室的墙壁上，也不愿卖给他，并且说："这就是我的报复。"

画家每天都画一幅他信奉的神像，那是表示他信仰的一种方式。可是，有一天，他发现他画的神像跟以前画的不一样了，其形态日渐相异。于是他开始找原因，结果找来找去，就是没有找到。就在他垂头丧气的时候，他突然发现神像的眼睛就是那位大臣的眼睛，而且连嘴唇也一模一样。画家不寒而栗，竟高喊一声："我的报复已经回到我的头上了。"

台湾作家张小娴说，你恨一个人，时间久了，就会变成他（她)，成为丑人。就是说，一个人心里装满恶，在一定程度上决定了他的丑陋，我们常说一些人面目可憎、面目狰狞，往往其心灵也猥琐不堪。

相反，一个人只有心向善，他才美。所以，我们就该放下或远离抱怨、仇恨、恩怨、阴暗，然后，向善、去爱、去追求、去宽容、去奉献、去助人为乐……总之，让美好在自己的心里汇集。就这样，我们创造了世间种种美好，并且成为其中的一部分。

做命运的推手

1

很喜欢贝多芬的《命运交响曲》。其中，那激越的旋律跟一个人跟困难做斗争的状态极其相似。之后，他战胜了困难，那种欢快的心情，从心里散发出去，因此，旋律也随之变得欢快起来。

也许，这就是对命运最好的诠释——苦之后是甜，逆之后是顺……而苦与甜、逆与顺等共同构成了命运的乐章。而要想把它演奏好，就得靠自己。

2

我的高中班主任张老师曾语重心长地告诉过我们："我命在我。"

可是，生活中，很多人都觉得自己的命运并没有掌握在自己的手里，说违心话、做违心事，甚至为了达到某种目的而不惜丧失自己的尊严和底线，因此，他们感慨：我命在他，非在我。

显然，这是他们的误判。谁让你那样做的？又没有人逼着你那样做。说明你乐意去做。这只能怪自己不明智，怪不得别人。你就是不做，别人还能把你捆了去吗？所以，还是自己的问题。提起岳飞，大家都非常同情他的遭遇，可是仔细想想，他的遭遇也是他自己选择的结果。如果，他能像韩世忠那样急流勇退，懂得适可而止，那么，他就不会被加以莫须有的罪名进而被杀害。可是，他没有看清当时的现实。

我命在我。如果，命运是一本书，那么，它的作者永远都是自己，内容精彩与否，全靠自己书写，至于能否成为经典或名著，亦是自己的造化。

3

一个人成功了，我们会说：他太幸运了。我们常把成功归因于幸运。果真是这样吗？答案当然是否定的。

一个人失败了，我们又会说：他太不幸了。我们常把失败归因于不幸。果真是这样吗？答案当然也是否定的。

如果非要把幸运与否跟成败扯上关系，那么它们充其量也仅是影响成败的一个外因，内因永远都是自己。

将成败的原因归于其他，只能说明自己的幼稚、浅薄、无知。而这样的人，又怎能把握住自己的命运呢？

4

命运，顾名思义，命即生命，而运又可解释为动。可见，命运是动态的，不是一成不变的，不是一潭死水的。如果有人的命运像一片荒地满目悲凉，那么只能说明他放弃了命运，没有对命运进行精耕细作，命运自然也不会回报他以丰硕的果实。

生命在运动。谁给了它推力呢？自己。你推着自己的生命向前进，不管遇到平坦还是坎坷，你都没有停下，一生也没有停下，你的表现，命运会记得，它会变成好运，一次次降临在你的头上。相反，你没有给命运以推力，命运见你萎靡、懒惰，它会推着你前进，只是它带你去的地方叫厄运，那里是深渊、陷阱、不归路。就是说，你要是任凭命运摆布，你是不会有好果子吃的，你的下场不言而喻。

你我，只能做命运的推手，绝不能撒手不管。

标　准

那日，天下着雨，而且越下越大，街上几乎没有行人，匆匆而过的都是匆忙的车，赶着回家。我跟爱人骑着电动车也往家里赶，顺便从路边买点儿菜捎回去。在蒙蒙细雨中，有个女同志还蹲在街边的一隅，打着一把大伞，可是，一把伞不能给她彻底的晴朗，她的头发有的已经湿了。地面的水已经没过了她的脚面。可是就在这样的情况下，她还一边卖菜，一边哼着歌。

买了她的菜，我问她："在这雨里卖菜，不难受吗？还是快回家吧。"她的回答出乎所有人的意料。她说："不难受。你听，这雨打在伞上，好像为我弹琴似的。"她不但不难受，而且还乐观呢。

生活就是这样，有时候，你用自以为是的眼光去看待别人的幸福，结果往往跟你想的完全相反……

英国思想家罗素在他的《论中国人的性格》一文中讲过这样的一个

故事。当年，他来到中国的四川。那个时候的中国，正逢军阀割据的时代，战乱频频，山河破碎，民不聊生。他刚写完他的巨著《幸福论》，希望以自己的思想教化引导中国人摆脱苦难。当时正值夏天，四川的天气非常闷热。他和陪同他的几个人坐着那种两人抬的竹轿上峨眉山。山路非常陡峭险峻，几位轿夫累得大汗淋漓。作为一个思想家和文学家的罗素，此情此景，使他没有心情观赏峨眉山的景观，而是思考起几位轿夫的心情来。他想：轿夫们一定痛恨他们几位坐轿的人，这样热的天气，还要他们抬着上山。甚至他们或许正在思考，为什么自己是抬轿的人而不是坐轿的人？他思考着的时候，到了山腰的一个小平台，陪同的人让轿夫停下来休息。他下了竹轿，认真地观察轿夫的表情。他看到轿夫们坐成行，拿出烟斗，又说又笑，讲着很开心的事情，丝毫没有怪怨天气和坐轿人的意思，也丝毫没有对自己的命运感到悲苦的意思。他们还饶有趣味地给他讲自己家乡的笑话，并很好奇地问他一些外国的事情。他们在交谈中不时发出高兴的笑声。他终于认识到自己错了。

我们会误解别人，别人也会误解我们。女诗人马丽华就曾经遭遇过这样的一件事。当时，她在藏北旅游，借宿在乡下仓姆决家。仓姆决家生活非常艰苦，生活环境也闭塞。在这样的环境中借宿，又能与女主人仓姆决交谈，她有了很多的优越感，她相信仓姆决会非常羡慕自己，可是她错了。在她们交谈时，女主人拉着她的手，连连说道：“宁吉！宁吉！（藏语：可怜的！可怜的！）”在她看来，一个到处奔波的女人是世上最苦的女人、最可怜的女人。至此，她明白了，这个世上没有可怜的人，因为不可能有一个世界通用的可怜的标准。

生活中，我们喜欢用自己的标准去衡量别人，得出别人幸福或不幸的结论。而事实早已证明：很多情况下，我们的分析、判断往往跟事实大相径庭，甚至截然相反。之所以出现这样的结果，是因为每个人的能力、修养、境界以及对事物的理解、体悟都不一样，这就导致了标准的差异。再说，世界上一切事物都瞬息万变。所以，在我们没有充分把握的情况下，不要随随便便把自己的见解或观点加在别人身上，那样会造成误解、误判，进而破坏生活原本的和谐之美。

可见，每个人的标准都不一样，必须承认这一点，否则，就会得出与事实相悖的结论，导致对别人和世界的误判。

不变如莲

《晋安帝纪》记载：离广州20里，有一处泉水，名叫贪泉，世人相传饮此泉者其心永无满足，广州刺史吴隐之曾来到泉水之上，举杯饮之，说："石门之畔流涌着清澈的贪泉，举杯一饮重于千金。遥想伯夷、叔齐两位高士，纵使他们来饮此水，也不会改变其纯洁的心。"其实，每个人都应该有这样的定力，不管身处何方，都不能改变自己的心志，正如莲一样，"出淤泥而不染"。

一个人活在世上，就得有一些东西不能改变，这就像根一样，动不得，一旦动了，就会根烂叶枯。而对一个人来说，他的根就是原则、底线甚至追求等，进一步说，就是他那颗充满真、善、美的心灵。学者王叔岷就有着这样的心灵。当年，他完成了著作《庄子校诠》，他的老师傅斯年想给该书作序。他在回忆录中提到当时的情景："我迟疑了一下，说：'不必。'隔几天傅先生见到我，又说：'我跟你写篇序，我跟你先商量如何写。’我依旧说：‘不必，我自己负责。’傅先生爱护学生，顾虑年轻人的著作无人注意，所以才一再说跟我写序，我当然感激之至。但是我想，一方面我的著作，好坏应由自己负责，不必要前辈夸赞；一方面该书是我第一部从事朴学的尝试之作，万一错误过多，岂不累及前辈。所以我不敢接受。”名家为后学的书作序，自古就有之。当年左思创作了《三都赋》之后，时人交相嘲笑、非难，后来别人给他出了个点子，让当时著名学者皇甫谧给推荐一下，结果皇甫谧给作了一个序之后，此书从此名扬天下。而对他来说，是名家主动找上门来，天赐良机，却被他拒绝了。可见，他对学术有着非同一般的主见和风骨，而这又显示了他作为一个学人的纯粹性和高尚性。

一般说来，世人没有不爱名利、财富、权势之类的，可是，他却初心不变。如果他让老师给作序，那么他也可能早一天名利双收，但是，这也可能让他变得世俗起来。可见，还是不变的好。就像大山，如果多了软骨头，它岂不变成了一堆乱土？

而很多的不变，最终还是要回归到人的尊严上来。这样的尊严，容不得缺斤短两。当年，威灵顿公爵统率反法联军在滑铁卢大败拿破仑军队，因此声名大噪。但是，他回到英国后并没有因此而自视功高，依旧谦恭待人。很久以来，他就想买下自家旁边的那一块空地，于是他让部下去跟地主商议买卖事宜。由于地主正好缺钱，加上知道买主是赫赫有名的威灵顿公爵，买卖很快就成交了。当那位部下兴冲冲地汇报买卖已成交时，他却问道：“你用多少钱买的？”部下得意地说：“本来那块地值1500英镑，但我用1000英镑就买下来了。我报上公爵的名号，对方还吓得直发抖呢！”他立即斥责道：“你把我的尊严以500英镑的价钱给贱卖了。”第二天，他派人给那位地主送去了500英镑。

世俗者往往都想占人便宜、生怕自己吃亏。而威灵顿公爵却不想让别人吃亏。这样的人有着一颗怎样的初心？其不变，正绽放着一种超越世俗的美。有的人，甚至为了自己不变的坚守，不惜以失去生命为代价。《资治通鉴》记载：唐肃宗时，楚州刺史李藏用被他的副将高干杀害了，他身边的人都很怕事，都附和高干的意思证明他有造反的实情。只有孙待封坚决地说他没有造反的意图，都统崔园认为这是包庇，就判他死罪。有人对孙待封说："您为什么不随从大众以求生存呢？"他说："我宁愿被杀死，也不能把没有的罪过妄加在人家身上。"于是就被杀了。世俗者认为，这样的不变实属死脑筋。而事实上，这样的不变却为生命注入了真正的内涵。

不变就是这样——使自己的那颗心在世俗中保持着自己的那份高洁、纯粹，进而使自己不迷失。因此说，不变就是一种超越世俗的美，在红尘中绽放，散发着别样的芬芳。

不变如莲。

生命的增高器

虽然时隔多年，但我依然记得自己第一次发表诗歌的情形。那天下午，《绿风》诗刊编辑刘永涛老师打来电话，通知我的作品已被采用，不要再往别的报刊投寄了。就在那一瞬间，我蹭的一下跳了起来，仿佛觉得自己就是一个成功者、一个名副其实的诗人。那种兴奋、喜悦持续了很长时间，搞得我静不下心来，那段时间内，一个字也没有写出来。后来，我分析自己为什么会出现这样的情况，主要是因为我坚持了10多年的写作终于开了一朵小花，再就是，我缺少了一颗平常心。如果一直缺少这颗平常心的话，那么我的写作也就终结在那一刻。还好，我还有自知之明，平常心马上回到我身边。所以，在写作的路上，我一直都在坚持着，而且还会坚持下去。

推而广之，人世间总会时不时地出现一些花花果果，这就需要一颗平常心来约束自己、成就自己。否则，任何一朵花或一个果都会阻碍你继续前行的脚步。

很多的励志书几乎都提过平常心这三个字。那么，到底怎样的心才是平常心呢？青涩的年华早已远去，我也越来越认识到，平常心就是把什么都看作平常的心。宋代的文学家范仲淹说："不以物喜，不以己悲。"这应该是对平常心最好的诠释吧。无论遇到怎样的际遇、得失，都能淡然处之。即使是成功，也不能让你忘乎所以；即使是失败，也不能让你一蹶不振，它们就像白天和黑夜一样，只是时光的两个不同名字罢了。

我觉得平常心就像轨道一样，有它，生命的火车才能正常运行，否则，就会脱轨，造成你想象不到的悲剧。《儒林外史》中的范进就是这样的例子。当幸运突然降在他的头上的时候，他之所以能在那一瞬间疯掉，就是因为他缺少一颗平常心。伟大科学家居里夫人就有一颗平常心，当她第二次捧起诺贝尔奖章之后，依然是那么的平静如初，心如止水地从事着手头的工作。爱因斯坦评价她说："在我认识的所有名人里，居里夫人是唯一不为盛名所颠倒的人。""她是一尊不被荣誉腐蚀的塑像，矗立在时间的广场上，昭示着公心。"这也是她不断取得成就的原因。

很多人抱怨自己没有取得什么成绩、成就，就是说，生命没有高度。而被人们说烂了的一句话叫：态度决定高度。这话，不假。而平常心就是态度中的最佳选项。可是，话又说回来了，要是不适合自己的目标或方向，那就不要再去坚持了。放下执着心就是一种明智的态度。作家海岩说："以前我生活得挺累是因为我太执着，很多事情老想做好，老想达到自己的目标。所以我反省以后，觉得这样不好。现在如果说我活这么多年没有白活的话，是把我的目标虚了，把目前的事儿实了，做不成就做不成，瓜熟蒂落，水到渠成。"世人必走的一条路就是化执着心为平常心。只有这样，才能在人生的路上走得更踏实、更远。

克里希那穆提说：“什么都不想，什么都不在意时，美丽细微的一切才慢慢浮现。”我们有句俗话叫“无心插柳柳成荫”，它们的意思相同——就是拥有一颗平常心，我们才能锦上添花。如果一有风吹草动，你就坐立不安；如果一有困难出现，你就垂头丧气；如果一有惊喜绽放，你就忘乎所以……那么，你缺少的就是平常心。没有平常心，我们就不能踏踏实实地前进，就不能走得更远，这样一来，生命就会失去它应有的高度。从这个意义上来说，平常心就是生命的增高器。

日本学者铃木大拙说：“平常心，即终极之道。”在这样的道上行走或奔跑，我们的生命才会抵达一个又一个的制高点。

苦难的真实身份

生活中，你会遇到各种各样的苦难——凄风苦雨中的跋涉，孤立无援的遭遇，迷茫中的挣扎，被人诽谤、误解的苦闷，失败带来的剧痛……

毋庸置疑，这些都是苦难，但是，你知道它的真实身份吗？

提到这个话题，也许，你顿时就气不打一处来，因为曾被它伤害过，所以你会恶狠狠地指控它：它是坏蛋、盗贼、歹徒、暴君、骗子、杀人犯……

你说的的确是事实。因为它做过不少的坏事。

生活中的拮据，让多少人流离失所、无家可归，最后生死未卜；生活中的坎坷，让多少人深感绝望、停滞不前，最后破罐子破摔；生活中的暴风雨，让多少人在突袭中措手不及、惊慌失措，以至于没来得及抵抗就撒手人寰……

看似悲剧的制造者是苦难，其实真正的凶手是人们自己。人们的软弱、目光的短浅、心胸的狭小，等等，是这些坏家伙把他们推向了深渊或不归路。这正应了那句：“人最大的敌人是自己。”诚如斯言。

可见，苦难的对手是强者。史铁生曾言：命若琴弦。其实苦难也是如此，能否奏出完整、悦耳的乐曲，取决于演奏者实力的强弱。一次，世界著名小提琴家欧尔希尔在巴黎的一次音乐会上演奏时，小提琴的A弦忽然断了，但他面不改色地用那剩下的三根弦奏完整首曲子。苦难突然来袭，如果他没有超强实力，就不会旋即把它征服。

既然如此，就要接受苦难的挑战。当年，塞万提斯在马德里监狱里写作《堂吉诃德》。那时，他贫困之极，连稿纸也无力购买，只好在一块块皮革上写。面对苦难，如果畏惧、退缩，他就不会取得大成就。苦难没有阻挡住他理想的绽放，这足以向世人说明：我挑战成功。有人劝一位西班牙商人资助他，那人却说：“上帝不让我去接济他的生活，唯有贫穷才能使世界富有。”说实话，苦难里面蕴藏着宝藏，它供那些顽强、不畏艰辛的人们去挖掘。

佛斯狄克说：“人们不会因为生活舒适、没有任何困难而觉得快乐。”释迦牟尼曾言：“人生是苦。”我想他的意思是引导人们要“苦中作乐”。想想我们的生活，很多快乐都是这样得来的。不去“作”，就像不去“压”一样，弹簧不用承载一定的压力，但是它也失去了它应有的高度。可以想见，那种没有“压力”的生活该是怎样的一种枯燥与乏味？苦难就是这样的一种“压力”。一般来说，承载的苦难越重，就意味着我们的未来越美好，但是这美好是以我们的承受为基础的。如果不想去承受，就休谈日后有享受，有的，肯定是无限的难受。

勇敢地去承受属于自己的苦难吧。也许，你所背负的就是乔装打扮的理想和成功。

由此可见，苦难的真实身份是考验者、引路者和恩人。所以，一位哲人说：“我只担心一件事，怕自己配不上我所受的苦难。”

微更足道

微不足道，是我们常常挂在嘴边的一个成语。比如，别人不小心碰了你一下，这微不足道；你帮了别人一点儿小忙，别人感谢你，这微不足道，等等，诸如此类。

可是，很多情况下，微更足道。老子说：“合抱之木，生于毫末；九层之台，起于垒土； 千里之行，始于足下。”韩非子也说：“千丈之堤，以蝼蚁之穴溃；百尺之室，以突隙之烟焚。”可见，不管好的小还是坏的小，都不容忽视。从这个意义上来说，世间所有的美好几乎都源于一个个小小的好，所有的罪恶几乎也都源于一个个小小的恶

每个人的生活都离不开一个个的小。吃饭得一口口地吃，说话得一句句地说，做事得一点点地做，写作得一字字地写，盖楼得一沙一石地砌，实现目标得一步步地做……没有这样一个个的小，一口吃成胖子，那是痴人说梦、异想天开。有时候，即使有些人把该小的步子迈大了，

也迟早会为此付出一定的代价。作家麦家就有这方面的体会。他的30万字小说《刀尖》，曾经只用了3个月就写完了，可是却用了大半年的时间去修改。这就说明：很多的小事，不是一下子就变大的，它需要一个过程，就像一粒种子从萌芽到开花结果，得需要我们给它耐心地浇水、施肥、除草等，如果不能这样，那就无异于拔苗助长。

世间很多的小，不但不容忽视，而且有时候还要加倍重视。

我父亲还在世的时候，曾经因为身体不适去医院检查过，可是，医生检查后说，没有什么大毛病，只是胆囊出了点小问题。但是，我的直觉却告诉我：父亲应该哪里存在问题。再说，那是一所小医院，检查未必具有权威性，所以，我打算带父亲再去大医院查一查，可是，父亲执意不去，这事就不了了之了。其实，当时，我应该强迫父亲再去检查，因为，他的嗓音从几年前变得沙哑了。后来，我从一本书上见过这样一句话：声音沙哑有时候是身患癌症的征兆。几年后，父亲果然被查出癌症。当时，我听到这个消息的时候，感觉天塌地陷，同时，我又万分悔恨自己，当时为什么不再去大医院给父亲重做一个检查呢？那时候，应该是癌症早期，可以诊治的，即使不能痊愈，至少可以让父亲再多活几年吧。因小失大，痛心啊。其实，世间的事，很多都是这样的，当它们还小的时候，往往会被忽略掉，可是，当我们想弥补曾经疏忽的内容时，一切都成定局。想再改变什么，往往都是徒劳的。

我的朋友×曾经问我，世间什么力量最大？我当时的答案是心，可他却说，不对，是小。现在想想真是这么回事。一粒粒的种子，能变成丰硕的秋天；一点点的水，能汇成浩瀚无际的海，等等，这是小正面的力量，而它的反面力量也同样巨大。韩非子就讲过“一双象牙筷子亡国”的故事。当年，商纣王叫人做了一双象牙筷子，接着，那些土制的器皿就显得落伍了，取而代之的是那些犀牛角和玉做的杯子，紧接着，吃的、穿的、住的都相应地要愈加讲究，愈加奢侈，非得“锦衣九重，广室高台”不可。五年后，他“为肉圃，设炮烙，登糟丘，临酒池”，国家随之灭亡了。可见，一定要善待那些一个个的小，无论它是好的还是坏的。

渡边和子在一本书中写道：“看不起一文钱的人，会被一文钱憋倒。”我想：这句话会引起很多人的共鸣。很多时候，一个人的失败或潦倒，不是源于对手或敌人的强大，而是源于被自己疏忽的某个小。

我一直很喜欢《法句经》中的几句话：“莫轻小善，以为无福，水滴虽微，渐盈大器，小善不积，无以成圣。莫轻小恶，以为无罪，小恶所积，足以灭身。”这应该是我们共同的座右铭。它的精髓就是告诉我们：一个个的小，不是不足道，而是更足道。这才是正道，更是王道。

独　行

年过四十以后，我越来越认识到独行的重要性。提到独行，可能很多人会把它跟孤独、古怪挂钩。其实这是对独行的误解。所谓独行，主要是一个人对他的追求、性情、个性、思想等独特性锲而不舍的坚守。

几乎所有人都做过这样的事：在一些场合，由于无知、幼稚或出于一些私心，喜欢人云亦云、随声附和，成为别人的跟屁虫。可是，如果你所依附的主子品行端正，那么这样的依附不会把你带到深渊里去；如果那个家伙是个品行不端的主，那么你就可能遭殃。但是，不管哪种情况，都会给你带来一个相同的结果：你失去了部分或全部的特质。时间一长，你还能是你吗？

很喜欢《徒然草》里的一段话：“一旦把心放在世俗，就免不了被它迷惑，失去自主。比如和别人交谈，总想博得别人的好感，就做不到言为心声了。又不免有和人嬉闹的时候，有和人争执的时候，以至于喜怒不定，妄念丛生，得失之心就再难放下。如此执迷于尘世，陶醉其中，且又好发痴心梦想，全不悟我佛真谛。”我想：大家都有过类似感受吧。跟别人在一起的时候，如果你什么也不配合，那么就会得罪他或使他对你产生怨恨。有一次，我那位当官的文友，谈起他的作品，当时在座的人，都说了一些言不由衷的溢美之词，而我始终在那里沉默着，因为我实在不敢苟同。后来，我们再聚会的时候，他竟然对我表现出十分冷漠的样子。再后来，我也不再跟他交往，失去了这样的文友，我如释重负。

其实，很多时候，我们对那种热闹、嘈杂的环境早已深恶痛绝，希望找一个安静的所在，安顿那颗疲惫的心。山本文绪就有过这样的想法，所以，她说：“一个人的日子固然寂寞，但更多时候是因寂寞而快乐。一整天口也不开，读书、发呆、晒太阳。偶尔也会耐不住寂寞给朋友打电话。极致的幸福，存在于孤独的深海。这样日复一日的生活里，我逐渐与自己达成和解。”在这样的情景中，没有什么人来打扰你，没有什么事来麻烦你，也没有什么情感来纠缠你，你可以做你想做的、想你所想的，抑或什么也不做、什么也不想，就那样静静地坐在那里，一如花儿在那里默默散发芳香。哲学家康德就喜欢一个人散步。在那条小路上，他的所有思想几乎都在那里酝酿而成。如果没有这样的独行，也许，他也成不了一个大哲学家，充其量也就是一个识字的俗人罢了。

一个人要独行，不仅要远离一些人、一些场所，更要远离名利、权势、财富等俗物，否则，他就难以独行。因为，这样的人，一旦被利欲熏心，内心就会变得低俗、丑陋，进而失去做人的底线、原则。《管子·小称》中就有“易牙蒸子”的典故。古今中外，这样的人，不胜枚举。所以，只有那些内心清净的人，才能选择独行。江春霖就是这样的人，他是清朝著名的谏官。有一次，他上书指责权势显赫的庆亲王奕劻在朝中遍植党羽，结果对方被搞得脸面扫地、声名狼藉。之后，人称他为“真御史”。他之所以敢这样做，就是因为他超然物外，没有俗物所累。

显然，不能从俗物中抽身，就说明对俗物过于依赖。而克里希那穆提说：“有依赖，就不可能有爱。”一个没有爱的人，就像一块不生长庄稼的土壤，会日益变得荒芜。这样的人，要么无所事事，要么无恶不作，要么追名逐利，结果他的人性就会日益减少，甚至被兽性所代替。由此可见，要想很好的独行，就不能依赖俗物，而唯一可以依赖的，就是自己的心。

而诗人大解在诗歌《肉》中写道：“欲望太满了/灵魂被挤到体外/走肉充世/人不为人/人世越宽/肉体陷得越深。”所以，宫崎骏说：“最远的旅行，是从自己的身体到自己的心。”这样的旅行，才是真正的独行；这样的独行，才是真正的修行；这样的修行，才是我们一生追求的目标；这样的目标，才能成就一个个大写的人。

角　落

买房子时，爱人非要买大一点儿的，我则主张买小一点儿的，理由是：小房子，好打扫，也还便宜，就省得当房奴了。最后我们还是选择了100平方米的。搬进新房后，发现这100平方米，住起来，还绰绰有余。

其实，我们需要的就那么点儿地方，多出的那些，几乎都闲置了。有一次，去一位朋友家做客。朋友是做生意的，这几年，发了点儿财，于是买了一座别墅。可是，我发现，他家里的很多房间都空荡荡的，甚至到处都是蜘蛛网。朋友竟因此美其名曰“网吧”。他们平时忙于生意，孩子都在外上学，所以，整个家都空着。即使逢年过节，家人团聚，也只是用其一两间而已，多数还是空着，朋友的爱人因此打算要将它卖掉，再买个小一点儿的，那才有家的样子、家的味道。我理解她的心情，房子大了，显得空旷、森然，缺少人气。

话又说回来了，人啊，就需要那么点儿地方，多了，未必就意味着快乐多、幸福多。恰到好处最好。

当年，苏格拉底曾在一条商业街上闲逛，看见路两边琳琅满目的商品，他感慨道："原来，人有那么多东西用不着。角落也是这样。很多的角落都'荒芜'了。"

可是，如今，很多人都被物化了，他们认为大房子、大角落才是财富、身份的象征。我的一位亲戚，是个暴发户，那天，有事来我家，看到我的小家，他竟然说道："你怎么买了这样一个小面积的啊？你没钱，我借给你。"在他看来，地方小，象征着贫穷、没有身份。

可是，就在这么个小角落里，爱人一下班，就急匆匆往家赶，我一下班也是赶紧回家，看孩子做作业、跟孩子做游戏，尽享天伦之乐；就在这么个小角落里，爱人感受到了什么是幸福，孩子感受到了什么是温馨，我感受到了什么是责任；就在这么个小角落里，我读书、写作，在短短的几年里，一篇篇文章像花儿一样，在全国的200余家报纸杂志上绽放……

年轻时，曾写下过这样的诗句："原以为窗口很小，没想到，它却能容下满天的星星……"小角落，就有这样的开阔。

后来，通过读书，读到法国作家都德的故事，这让我彻底知晓了角落的内涵。当年，他流浪归来后，发现郊外山冈上的一座老磨坊是个写作的好地方。可是，它已荒废了20多年，杂草丛生，他却不在乎，找了块平整的石头当书桌，在那里开始专心写作。有一天，有人看见他全身被屋顶漏下的雪水打湿了，他也浑然不知。于是各种传言很快流传开了，许多人都跑来磨坊看他又在干什么傻事。各种干扰影响了他的写作，于是他去找磨坊主，要高价买下老磨坊。所有人都嘲笑他愚蠢，家人更是百般劝阻，可他还是执意买了下来。此后，他在磨坊四周竖起

“闲人勿扰”的标识，成天待在里面写作，直到写成了闻名于世的短篇小说集《磨坊书简》。原来，像都德那样品德高尚、有成就的人，往往都不在乎角落的大小、是否豪华。正所谓：谁需要越少，他就越近似于神。这个理，我信。

像老磨坊这样的角落还有很多，比如一棵苹果树下、一把水壶的旁边、一片草叶、普通的保卫处、一间实验室、一片土地、一个日常的工作平台……牛顿在那树下发现了万物引力定律，瓦特在那水壶的旁边受到了启发进而发明了蒸汽机，鲁班根据草叶上“啮齿”发明了锯，列文虎克在看门之余发明了显微镜……每个人都有适合自己的角落。要知道，所有的角落只是一个载体，它就像一条路，你沿着它，找到你要去的彼岸；它就像一条河，你沿着它，能找到你想要的浩瀚；它就像一个台阶，你踩着它，能抵达你梦想的制高点；它就像一片沙漠，你能从中找到期盼已久的绿洲；它甚至像峭壁上的破岩，你要像松树那样在此安营扎寨，别无选择……如果，我们都能像都德等人那样，在自己的角落里，安心做自己的事情，那么我们也能创造出属于自己的奇迹。

原来，心在哪里，奇迹就在哪里，美好就在哪里，辉煌就在哪里。在我们的一生里，我们会遇到形形色色的角落，或似荆棘，或似花丛，不管怎样的，都要敢于面对，就像走路一样，不管遇到怎样的路况，都得想方设法前进，如果因为沟壑就停止前进，那么就会与前面的胜景失之交臂。

只要心丰富了、强大了、高贵了，它就能容纳千千万万的美好，同时，也能溶解所有的惆怅、羁绊和失败。

要知道，世上最值得信赖的角落就是我们的心。

无我之境

生活中，我们常常会遇到这样的一种情况：越是想把事做好，结果越是做不好。这在心理学上属于“目的颤抖”，也叫“穿针心理”。正如古人所言：“有心栽花花不开，无心插柳柳成荫。”

对一件事长时间地关注、放不下，往往会过，而过犹不及。就是说，过多的用心反而没有效果。而一个人一旦认为自己做得够多了、够好了，往往他就会放弃付出、努力，这时候，他可能会对人生来个误判，认为自己不会拥有之前期待的那个结果了。而事实上，只要我们能放平心态，以一颗平常心待之，就会出现“山重水复疑无路，柳暗花明又一村”的胜景。

说白了，人活着，就不能总是刻意去追求什么，要知道，很多时候，人生最佳的状态是顺其自然、顺势而为，而不是有意为之。很多事情，一旦有了目的，往往就意味着我们有了负担。为什么这样说呢？因为，目的就像一个焦点，吸引了我们所有的注意力和精力，这样容易把自己搞得很疲惫。而这一切的出发点最终都是为了壮大那个自己。可是，天天想着一些不该想的目的，不但没有壮大自己，反而削弱了自己的力量。所以，顾城说："我做我要做的一切，但是我不抱有目的。一切目的和结果让命运去安排，让各种机缘去安排。当我从目的中解脱出来之后，大地就是我的道路。"

因此，从这个意义上来说，无我，就是无目的。而所有的目的，往往都连着身外之物——金钱、地位、财富、官职等。这样说来，有目的之人，容易被物化或早已被物化。庄子说："如果用瓦片做赌注，押赌的人就会感到轻松；如果用银钩做赌注的，押赌的人便会担心丢失银钩；如果用黄金做赌注，押赌的人便心绪紊乱。"这样的人，就是典型的被物化之人。

一个人只有超然物外，才能不被物化，进而进入无我之境。东晋高僧竺法深就是这样的人。当年，他曾是简文帝的座上客，丹阳尹刘惔问他："和尚怎么游走于富贵之家？"他答道："您只是看到了富贵之家，对我来说，这与行走于贫困之家并无二致。"就是说，他对外物的多寡、好坏并不在意——富贵的人，他不巴结；贫穷的人，他也不歧视，如此而已。可见，这样的人，心灵一片澄澈，因此，这样或那样的目的早已销声匿迹。从这个意义上来说，一个人之所以目的性太强，就是因为他的心里装了太多不该装的东西——私心、杂念等。这就像一把刀，上面的锈多了，其锋利就会受到影响。

而事实上，每一个人都能进入无我之境，只要你能把那目的放下。而所有的目的往往都盯着某个身外之物。而一个人如果总是想着它，那么他的精力和时间就会被分散掉一部分，进而离他想要抵达的目标越来越远。有句俗语"想好事，没好事"说的就是这个意思。

诗人里尔克说："争取内心的纯粹。"而无我之境其实就是一个纯粹之境。当我们的心里都变得像清泉一样纯粹，没有任何杂质的时候，那些形形色色的目的自然都不复存在了。这就像一把刀一样，上面的锈迹被磨掉了，它才会变得锐利无比。在这样的情形下，不管做什么事，我们往往都会遇到奇迹。

终点之悟

1

很多时候，终点是我们的一种期待。因为，如果终点来了，我们就可以不再苦苦等待了，就可以好好休息一下了，就可以结束相思之苦了，就可以告别黑夜迎接黎明了……说实话，终点在一定意义上来说，就是一个分水岭，这边是痛苦、疲劳、相思、黑夜……那边是快乐、轻松、缠绵、光明……

生活中，很多人失败了之后会说，再怎么努力，那件事也没有结果，就是说，在他们看来，失败是因为他们所做的那件事没有终点，而事实上，即使你没有抵达那个理想的终点，而它一直都在，只是你还没有达到那个距离而已。世间很多事都是这样，不是它们没有终点，而是你的脚步停止得太早。

而任何一个终点，都不会自己走来，它要你向它走去。就像穆罕默德所言："山，你不过来，我过去。"人生的成败往往就在这里。成功者都是自己走向了自己想要的终点，而失败者往往都是半途而废或在那里守株待兔。

诗人汪国真说："当我们跨越了一座高山，也就跨越了一个真实的自己。"这样说来，当我们抵达了自己想要的那个终点，也就征服了那个懒惰的、消极的甚至丑陋的自己。

2

可是，有时候，我们不希望终点的到来。

当成功把你包围时，当幸福把你浸泡时，当和风丽日把你沐浴时，当名花利果把你灌醉时，当爱人在你耳边甜言蜜语时，等等，如此美妙的时光，你常常难以给它们画上一个句号，但是，现实告诉我们：即使世上最美的花儿也有一个花期，花期之末，就是它的终点。终点，总是要来的，这是规律，谁也阻挡不了、干涉不了。

尤其是，当巨大的成功、盛大的荣誉落在我们身上时，更要懂得终点的意义。就是说，我们要把它们当作新的起点，轻装上阵，继续前行，去创造更加辉煌的未来。因为，追求无止境——每一个终点，永远都是那些伟大追求者的起点。

真正成功的人，乃至人类的文明、进步都是在这样的循环中不断得以丰富和升华。

3

一物降一物。星星，是黑暗的终点；流水，是干旱的终点；春天，是严冬的终点；拱桥，是鸿沟的终点；阳光，是暴雨的终点；宽容，是仇恨的终点；豁达，是郁闷的终点；成熟，是幼稚的终点；善良，是邪恶的终点；爱心，是冷漠的终点……

我们欢迎、创造这样的终点。这样的终点，本身就像一颗颗星星，照亮了这个世界。

而那些居心叵测者、损人利己者、无所事事者、投机取巧者……却讨厌、拒绝这样的终点，他们总是用心机、阴谋、懒散、奸诈去涂抹这个世界，以期让自己的目的得逞。

事实早已说明：也许，他们会在短期内“心想事成”，但是，从长远来看，邪不压正，永远都是颠扑不破的真理。这就说，那些充满良知的终点，才是这个世界的美丽句点，是它们在我们人生这本书里穿梭，在世界文明史里穿梭，在悠悠的时光书里穿梭……

4

世人可分乐观者和悲观者。他们的区别可用终点来验证。前者，在面对困难、绝境时，仍然相信一定会渡过难关；而后者，却看不到未来，认为终点遥遥无期。

有则古老的寓言：很久以前，一个皇帝把本国内所有的哲学家、数学家、科学家、智者、诗人召来，让他们提一句放诸四海皆准的格言，几个月后，群臣回报皇上，格言已经找到，就是短短的五个字：“这也会过去。”

世间所有的过不去，往往都不是因为山高水深、荆棘丛生、山重水复……而是因为自己太悲观，把自己无限地放小、变弱。一个连自己都不相信的人，命运也不会相信他，更不会青睐他。

所以，即使毁灭系的不测突如其来，你也要相信“这也会过去”。要知道，人的潜能、抗击打力，有时候会出现超强的一面，人生的很多惊喜就是这样不可思议的结果。但是，前提是，你不能倒下，你得扛得住。因为“只要思想不滑坡，方法总比困难多”。

5

我们身边有不少这样的人：一旦抵达了自己想要的终点，就再也不想继续拼搏了，就是说，那个终点就是他理想和追求的终结者。这样的人，即使取得了很大的成功，最终也不会有什么好结果。他可能靠那成功养活自己、坐享其成，但是，时间久了，也会坐吃山空，也可能一度被胜利冲昏头脑，但始终降不下温，最终只能被烧毁。

这样的终点要不得。明智之举，永远都是在终点上，哪怕是最好的终点上，也要继续前行。柯立芝总统就是这样做的。在他任期快要结束时，他发表了有名的声明：“我不打算再干这个行当了。”一位记者很不甘心，总觉得他话中有话，于是老缠着他不放，请他解释这样做的原因。毕竟，当总统是一般人无法企及的。最后，柯立芝告诉他：“因为总统没有提升的机会。”再好的终点，也只是一个句点，后面还有华章等你续写。大器者，都是这样的壮士。

在这个世界上，只有那些贪图享受、蝇营狗苟的人，才会把一个所谓好的终点当作最后的归宿，要知道，那也往往是为他自己准备好的坟墓。

5

你是什么的人，就有什么样的终点。正如米兰·昆德拉所言：“永远不要认为我们可以逃避，我们的每一步都决定着最后的结局，我们的脚正在走向我们自己选定的终点。”就是说，每个人的终点都是自己给自己的答案。无论对错，都是对自己在那个过程中所有表现的一个总结和交代。所以，即使不满意，也只能怨自己曾经不够努力和用心。

可是，很多人走着走着就远离了出发时的那份初心。所以，歌德说：“能把自己生命的终点和起点连接起来的人是最幸福的人。”莫忘初心，方得始终。也许，有些人后来活得很风光，而他的终点跟起点却大相径庭，但是，你别忘了——忘掉初衷的人，往往也会忘掉自己做人的原则、底线。

6

一个人活着活着就明白了：善良、平和、朴素、简单、豁达、无私等才是我们想要的终点。但是，这也不是最后的，最后的终点，是岁月。不管你是怎样的人，富贵也好，贫穷也好，都要败给岁月。就是财富再多、权力再大的人，也不是岁月的对手。因此，在抵达终点的路上，你还计较、算计什么？到最后，都得被岁月带走，大家彻底平等了。

不急，不急

韩青

①人很容易急。自己吃亏、上当受骗、利益受损了，等等，每每这时，人就容易急。而急的下一步，就是跟人言语相讥、针锋相对、据理力争、针尖对麦芒，一番刀光剑影，往往两败俱伤。自己不但没有讨回道理，又白白惹了一肚子气，赔了夫人又折兵。有时由于愿望落空了，人也跟着自己急，跟自己过不去，结果只能把自己伤得遍体鳞伤。所以，遇事不能急。

②人生如行独木桥，一急，就容易慌张，一慌张就容易跌落下去，而桥下往往是急湍猛流或万丈深渊。人生亦如下棋，一着不慎，满盘皆输。一急，就容易不慎，不慎就容易招致惨败。

③不急，只能不急。

④唐代名臣裴度在担任中书令期间，有一次，和属下一起喝酒，就在吃饭前，一名手下慌张地跑来告诉他："大人，您的官印不见了！"众人一听，也都着起急来。但他一点儿也不急，笑着对大家说，官印不可能丢，一定是放在什么地方忘记了，等想起来自然就会找到的，并吩咐继续摆宴喝酒，欣赏歌舞。在整个过程中，他谈笑风生，好像根本就没有发生过丢官印的事一样。深夜，酒足饭饱之后，众人正准备散去。这时，手下兴冲冲地来汇报，说那个官印还在，没有丢。大家都不明白是怎么回事，他笑了笑说："我一想啊，就是下面哪个小官把官印拿去盖私章了，如果大张旗鼓地去查，他一害怕，可能就把官印扔到水中或是火里，那时就真找不到了。如果先不处理，他会悄悄地把官印送回来。"众人听了，都称赞他遇事冷静，深思熟虑。

⑤如果当时他十万火急，那么他就不会有失而复得的局面，就不会有惊喜激荡他的胸怀，取而代之的是不可挽回的损失和挥之不去的郁闷。

⑥可见，不急是一种心态、一种智慧和境界。美国作家斯蒂芬·金的不急之举，堪称我们学习的楷模。

⑦20世纪70年代，他发表了恐怖小说《魔女嘉莉》后，声名鹊起。出版商里皮看中他小说的巨大商机，对他说："只要你愿意写，我就会出高价买下你的小说版

与理想常受到干扰，需要我们坚持才能得到回报的道理。

3.必须选择自己热爱的目标、理想；克服重重困难坚持下去；根据自己的实际情况不断地调整自己的目标。

4.示例一：我曾思考过，我要做一个什么样的“自己”？歌手、作家、商人……不论成为哪种人，我都会通过我的不懈努力成为出色的“自己”。这个过程也许不会一帆风顺。但我会坚定地走下去!

示例二：也许我的理想最终只是一个梦想，但我希望在“成为自己”的路上，不论理想能否实现，我要做一个不违背本心、真实的“自己”！坚守心中的正直与善良!

退

韩青

①《古今谭概》中记载：有一对父子，他们性格都非常刚直，生活中从来不对人低头，且不后退半步。一天，儿子去集贸市场买肉，在回来的路上，迎面碰上一个人，双方寸步不让，坚决不避开，彼此僵持着。后来，父亲来替换了儿子的位置，继续跟对方“对峙”下去，这惹得众多围观者大笑不止。显然，这两个人都不懂得退的道理。退一步，让对方过去，自己也解放了，各忙各的事情，皆大欢喜。而如此计较，反误了各自前程，同时也彰显了各自的狭隘和自私。

②要知道，这个世界上，有太多无聊的人和毫无价值的事情、麻烦，你如果不懂得从中抽身、抽心，那么就可能陷入其中而不能自拔乃至葬身其中。所以，退，不是溃败、懦弱、消极，相反，它是一种胜利、勇敢、积极。这样的人，就是古人说的“识时务”的“俊杰”。每个人都有美好的憧憬和理想，为了实现它们，就必须付出辛勤的汗水，而且，这种付出不是一时的心血来潮，而是一生的责无旁贷。如果你因为别的事情分了心，时间也被杂念瓜分得支离破碎，那么你这憧憬、理想的主业就会受到摧残、伤害，甚至可能由累累硕果转化为颗粒无收。这都是因为自

权。我敢保证，过不了多久你就会成为最富有的作家。”他却答道：“我还有更重要的事做！”两周后，他写出一个短篇小说，用笔名投给了杂志社。文章发表后，他兴奋地拿给大家看。当时，里皮也在场，于是惊诧地问：“你拒绝我就是为了腾出时间写这个小东西？”他点点头。里皮忍不住为他算起账来：“你的稿费是700美元，这点儿钱和水管工的周薪差不多，值得你这个大作家花两周时间吗？”他答道：“当然。”之后，他用3个月创作出《玉米田的孩子》，经里皮出版后大卖，赚了不少钱。里皮希望他尽快再写一部，可他却摇摇头说：“我得停下来再写个小故事。”他不顾里皮的催促，花了3周又创作了一个小故事，等发表后又开心地拿给里皮看，里皮终于不耐烦地说：“你可是个有名的大作家，发表个豆腐块文章还这么开心”。他说：“人最怕的就是被成功冲昏头，所以我总是提醒自己要回到原点，以新人的身份再去写稿、投稿，这样才能保持创作的激情。”

⑧急功近利、急于求成……往往都是小人之举，真正能成大器的人，不会如此慌张，因为他们懂得水到渠成、功到自然成的道理。这正好印证了《明心宝鉴》里的一句话，“大家做事寻常，小家做事慌张”。

⑨所以，不管你现在处境如何，不急，不急。要知道，不急者成事。不急者犹如大海，经得起狂风暴雨的考验，而急躁者就像小水洼，就是一阵微风吹来，也能让他动荡不安。可见，要想做到不急，就必须拥有大胸怀和大境界。（有删改）

1.概括本文的中心论点。

2.请简要分析本文的论述过程。

3.第②段运用了什么论证方法，起什么作用？

4.请为第⑧段画横线的句子补充一则事实论据。

⑧一般来说，每个人都有两个自己，一个是假的、恶的、丑的，一个是真的、善的、美的。使自己成为自己就是要告别前者，全心全意地接近后者。在这个过程里，肯定会遇到挫折、绝境，只有勇敢面对，才能迎来柳暗花明。罗琳曾经历过巨大的失败——离婚和失去工作，但是她没有被打倒，把精力都用在了写作上，最终写出了风靡全球的《哈利·波特》。假设当初她倒下去了，那么她就不会有现在风光的自己。

⑨台湾美学家蒋勋先生说，做自己是一种美。如果说这美是花的话，那么使自己成为自己就是让花绽放的过程——人生原来能够花香满径的。（有删改）

1.为第③段A、B两处选择合适的词语，填写在下面的横线上。

______________、______________

2.本文第⑥段主要运用了哪种论证方法？有什么作用？

3.根据你对选文的理解，要想“使自己成为自己”，首先______________；光有目标和理想是不够的，还要______________；还必须______________。这样你的人生才会更加精彩！

4.“使自己成为自己”是我们每一个人的愿望，有人想：“我要做一个什么样的‘自己’？”也有人想：“我一定能成为那个‘自己’吗？”还有人想：“最终我将会成为一个什么样的‘自己’？”请综合以上的思考，将自己的真实感受写下来。(不少于50字)

参考答案

1.诱惑、欲望。

2.本段主要运用了举例论证的论证方法，通过胡适的曲折经历具体论证了目标

CEO，更不可能成为企业领袖。因为我不懂经营，对财务一窍不通，也不擅长管理，与企业家相距甚远。”使自己成为自己就应该有这样睿智、谦虚的自知之明。如果连自己是什么样的人也不熟悉，那么你肯定不会成为那个最理想的自己。

③世间 A (迷惑、诱惑、惶惑)、名利、B (奢望、愿望、欲望)、阴谋满天飞，这些都可能成为自己跟自己分裂、自己背叛自己的催化剂。因此，要想使自己成为自己，就必须选择自己热爱的目标、理想。因为拿破仑·希尔说：“如果一个人不喜欢他从事的行业，他就不可能取得成功。”

④“股神”巴菲特的儿子彼得，19岁时做出决定，不进入父亲呼风唤雨的金融界，而选择音乐作为自己的追求。父亲的财富再多、名望再高都与他无关，他陶醉于自己的世界里。后来，他把自己的经历写成了一本书，名字就叫《做你自己》。

⑤生活中，谁都不能没有目标、理想，它们就像田地一样，为我们的付出、努力提供平台，让我们的灵魂有了落脚之所。否则，即使你是英雄也无用武之地。而你热爱的东西，会更大程度地激发你的热情和潜能，让你更快地进步、成功。这样的自己，才是我们最想要的。

⑥可是，我们的目标、理想等常常受到别人的干扰，比如当年的胡适，在他考取官费留学后，其兄让他学习开矿或修铁路，目的是将来帮助家人重兴家业、重整门楣。而他不喜欢这样的专业，但又不好拒绝，于是他采用了一个折中的办法——选择了农学。虽然每门功课都很好，但是最后他还是毅然决然地选择了他至爱的文学和哲学。试想，如果他没有选择自己最爱的专业，他后来就不可能取得巨大的成就。因此，只要是自己喜欢的、热爱的，就要克服重重困难坚持下去。一旦坚持下去，才会有丰硕的果实回报给你。

⑦还有这样一些人，他们有错误的、不科学的目标、追求等。有一天他们幡然醒悟，痛改前非，重做新人。比如乔达摩·悉达多，他曾经夜夜笙歌，从来不知什么是苦，什么是生老病死。可是有一天，他决定要告别这样的生活。于是走到菩提树下思索一切苦难的缘起，启迪了世人，后世称他为佛。如果当初他执迷不悟，就会在错误的泥潭里越陷越深，直至丢了自己。因此，要想使自己成为自己就要根据自己的实际情况不断地调整自己的目标。只有这样，我们才能越来越靠近那个最理想的自己。

己不懂得退的缘故，如果早一点儿从中退出来，那么就不会受此损伤了。

③因为这样的退，那些刀光剑影就不会闪现在我们面前，那些阴谋诡计就会变得销声匿迹，那些失意、失败就能打个漂亮的翻身仗，那些虎视眈眈的敌意甚至会改写为美好的友情，化敌为友……

④不仅这些外在的人、事、物会分割我们的时间和精力，内在的一些东西也会损伤自己，比如傲气、自大等。

⑤当年，韩愈自持才高，连考了四次，最后才算中了第十三名。之后，又一连经过三次殿试，也没得到一官半职。一天，他的夫人卢氏语重心长地对他说："这科场屡挫，必有自己的不足之处，眼下当找出缘由才是。"他听后，频频点头，接着说道："夫人讲的甚是有理，请夫人赐教。"夫人随即展纸挥笔，写道："人求言实，火求心虚，欲成大器，必先退之。"他捧赠言，恍然大悟：骄兵必败，自己身上缺少的正是谦虚。于是，他立即选用夫人赠言中的最后两个字"退之"给自己起了个新名字。之后，他一改那种傲气，变得谦逊起来，仕途上也一帆风顺了，最后成为唐宋八大家中的首家。

⑥从外界中容易退出来，可是从内在的世界里就不那么容易退了，因为这种退，在一定外力的提醒下，主要靠自己说服自己、自己战胜自己，而这样的过程是世上最艰难的过程，因为，人最大的敌人，不是别人，而是自己。

⑦这样的退，就像一个人的战争，战争的双方都是自己，自己跟自己较量，而结果无非是那个懂得谦虚、忍耐、豁达、宽容等美好内容的自己获胜了。

⑧李白诗云："吾观自古贤达人，成功不退皆殒身。"古今中外，那些做出过巨大贡献的功臣，他们之所以没有从那种荣耀中退出来，是因为他们贪恋荣华富贵，缺少淡泊之心。结果往往都是因为其"进"而惹祸上身，进而身败名裂。

⑨《老学庵笔记》中所云："唐有一种色，谓之退红。又谓之不肯红。"他们如果有这样的心态，那么其结局该是另一种情形。

⑩很多时候，我们要懂得适时而退，这退是缓冲、准备、等待、反省、调整、蓄势……时机一旦成熟，我们还是要前进的，只是前进的目标，跟真、善、美相关，而且，这样的前进，往往具有爆发力，就像那弹簧，退得越低，弹得就越高——你曾经一米二米的退，换来的可能是几十米甚至上百米的进。（有删改）

5.结合本文内容，面临升学的压力的你会怎样处理“急”与“不急”之间的关系?

参考答案

1.遇事不能急，或者不急是一种心态、一种智慧和境界。

2.本文先从生活中人们易着急写起，引出中心论点：遇事不能急；然后列举裴度因为不急官印失而复得的例子，具体论证了“不急是一种心态、一种智慧和境界”的观点；紧接着举了斯蒂芬不急于创作大部头而写小故事的例子，论证了不急者才能成大器；最后设喻告诉我们，不急必须要有大胸怀和大境界，收束全文。

3.运用了比喻论证的方法，把人生比作行独木桥和下棋，生动形象地论证了人遇事着急的严重后果，进而从反面论证“遇事不能急”的中心论点，使论证更有说服力。

4.居里夫人不急，她花了几年时间，在简陋的环境里，沉着冷静地提炼沥青铀矿石中的放射性元素，发现了镭，最后获得了诺贝尔化学奖。

5.急，由于离中考越来越近，开始着急，文中说“不管你有多急，每件事、每个事物都依然按照自己的速度前行”。不急，只要自己合理安排时间，调整好学习态度和方法，相信成功属于自己。（语句通顺，言之有理即可）

使自己成为自己

韩青

①蔡澜说：“做人做久了，就成了应声虫、骗子。也就是说，自己变得面目全非，要么变成了别人，要么变成了妖魔鬼怪，反正自己没了。于人于己而言，有百害而无一益。”

②王选说：“我只是一个科学家，即使年轻20岁，也不可能成为企业家和

1.阅读全文，用自己的话概括本文的中心论点。

2.文章第①段用《古今谭概》的故事开头，有什么作用?

3.文章第⑧段画线句子运用了哪种论证方法？请简要分析其作用。

4.请联系实际谈谈对第②段画线句子的理解。

参考答案

1.日常生活中，我们要懂得适时而退的道理。

2.用有趣的故事开头，可以激发读者的阅读兴趣；引出本文的论题；同时作为论据，起到了证明论点的作用。

3.引用论证。引用李白的诗句有力地论证了“要懂得谦虚、忍耐、豁达、宽容”的观点，同时增加了文章的文学韵味，增强了语言表达的效果。

4.示例：一些中学生沉迷于网络而不能自拔，导致意志毅力的消磨和自控能力的下降。网络的过度使用，使青少年对网络产生了强烈的依赖心理。特别是网络游戏中的冒险刺激、网络交友中的轻松自如、网络不健康内容中的新鲜诱惑等，使青少年逐渐产生“网络成瘾症”，而对自己的主体生活——学习，却失去兴趣，缺乏毅力，自控能力下降，学业荒废。